ÉLOGE HISTORIQUE DE FRANÇOIS QUESNAY,

PAR M. LE COMTE D'ALBON,

Des Académies de Lyon, Dijon, Nismes; de celle des Arcades & de la Crusca; des Sociétés d'Agriculture de Florence, Lyon, Chambéry; de la Société Économique de Berne, &c. &c.

Et in amicitiâ illius delectatio bona, & in operibus manuum illius honestas sine defectione, & in certamine loquelæ illius sapientia, & præclaritas in communicatione sermonum ipsius.

SAPIENT. *Chap. VIII.*

NOUVELLE ÉDITION.

A PARIS,

DE L'IMPRIMERIE DE KNAPEN, au bas du Pont Saint Michel.

1775.

ÉLOGE HISTORIQUE DE M. QUESNAY.

> Civis erat qui libera posset
> Verba animi proferre, & vitam impendere vero.
>
> JUVENAL. IV. Sat.

SOULAGER l'Humanité souffrante; perfectionner les Arts utiles; éclairer les Peuples sur leurs vrais intérêts; fixer, d'une maniere invariable, les principes de l'administration; montrer les effets funestes d'un mauvais régime public, en indiquer les causes & les remedes; instruire les hommes de tous les âges, de tous les rangs, de toutes les nations, de tous les siecles à venir: c'est mériter de l'Univers entier des suffrages qu'il n'accorde qu'à quelques-uns de ceux mêmes que nous regardons comme de grands Hommes. Qui fut plus digne de cette gloire, que le célebre QUESNAY que la mort nous a enlevé? Ami de ses semblables, il consacra ses travaux à prolonger leurs jours : tout ce qui les intéressoit lui étoit cher. Son zele pour le bien public, soutenu d'un génie puissant & vigoureux, lui fit combattre des préjugés contraires aux progrès de la vérité, & créer un systême qui suppose dans son Auteur des vues neuves & profondes, des sentiments nobles, généreux & grands. Appuyé sur les principes sacrés de la nature, & sur les regles immuables de l'ordre, il durera autant que la nature & l'ordre subsisteront. Les imputations vagues & confuses de ceux qui n'ont pas daigné l'étudier; les traits de la raillerie, ressource ordinaire des esprits médiocres & vains, s'émousseront contre un édifice qui a la raison pour base, l'humanité pour objet, la justice pour soutien; & les hommes éclairés, les vrais Citoyens, les Philoſophes ſenſibles conſerveront toujours une reconnoiſſance reſpectueuſe pour celui qui ſoumit à un calcul ſévere leurs rapports mutuels, leurs intérêts, leurs droits & leurs devoirs. Elevons un monument digne, s'il eſt poſſible, de ce bienfaiteur du monde; & pour lui accorder le tribut d'éloge qu'il mérite, faiſons-le connoître tel qu'il a été dans les âges divers de ſa vie; ſuivons-le depuis ſon berceau; il n'eſt pas indifférent d'apprendre comment un grand homme s'eſt formé, juſqu'à ce jour malheureux où nous l'avons perdu; il importe auſſi de ſavoir comment il a fini. Peignons ſes talents, ſon caractere, ſes mœurs, ſa conduite, ſes écrits, avec la ſimplicité qui lui étoit ſi naturelle, & qui fait le plus bel ornement de la vérité. Les lumieres de ſon génie nous éclaireront, & les qualités de ſon ame nous exciteront à la vertu.

François Quesnay, Ecuyer, Conſeiller, premier Médecin ordinaire & conſultant du Roi, naquit à *Méré*, près Montfort-Lamaury, le 4 Juin 1694, d'une famille très honnête ; son pere étoit Avocat, & d'une probité universellement reconnue. L'amour qu'il avoit pour l'agriculture, le premier de tous les Arts, parcequ'il est le plus nécessaire, le fit retirer à la campagne dans un bien dont il avoit la propriété. Il fondoit sur le jeune Quesnay ses plus douces espérances ; il se plaisoit à lui former le cœur, & à lui inculquer les principes d'une saine morale ; il lui disoit ce que Quesnay aimoit à répéter, en se rappellant le souvenir de son pere. » Mon fils, le temple » de la vertu est soutenu sur quatre » colonnes, l'honneur, la récom» pense, la honte & la punition ; » vois contre laquelle tu veux ap» puyer la tienne ; car il faut choisir » de bien faire par émulation, par » intérêt, par pudeur ou par crainte.

L'éducation scientifique de Quesnay ne fut pas aussi hâtive que son éducation morale : il fut un des exemples de l'avantage reclamé depuis par Jean Jacques Rousseau, de laisser fortifier le corps avant de fatiguer l'intelligence. Il ſuivoit ſous les yeux d'une mere très active les travaux champêtres dont elle faiſoit ſes délices. Ce fut là qu'il commença à étudier les opérations de la nature bienfaiſante ; qu'il connut les richeſſes & la variété de ſes productions. Dès-lors il ſentit naître en lui un goût vif, un penchant décidé pour l'agriculture, qu'il conſerva toujours.

C'eſt vraiſemblablement cette étude, cet amour dominant de la campagne, qui ont depuis tourné ſa philoſophie vers les objets d'utilité publique ; ce ſont eux qui l'ont conduit aux premiers principes de ſa politique, & à cette démonſtration qu'il a rendue ſi frappante, que la culture eſt la ſource *unique* des richeſſes, & que ſes progrès ſont le ſeul fondement de la proſpérité des Empires, & du ſuccès de tous les autres travaux humains. Si Queſnay eût été élevé dans une Ville, peut-être n'aurions nous pas eu Queſnay.

A onze ans il n'avoit point encore appris à lire ; il ſavoit par conſéquent très peu de mots, mais il ſavoit déja des choſes : cette perte de temps n'avoit été qu'apparente. Semblable à ces courſiers dont on à ménagé la jeuneſſe, ſes premiers pas furent fermes, ſa marche rapide & ſoutenue. A peine la carriere des Sciences lui fût-elle ouverte, qu'on la lui vit franchir, & laiſſer loin derriere lui tous ſes concurrents.

Le premier livre que le haſard lui mit entre les mains fut la Nouvelle Maiſon ruſtique ; il le lut avec avidité ; les rapports des théories qu'il y trouvoit avec la pratique qu'il voyoit tous les jours intéreſſoient ſa curioſité. L'homme n'apprend aiſément que ce qu'il comprend ; & lorſque ſes premieres études ſont appuyées par l'expérience des choſes dont elles traitent, elles forment le jugement avec la mémoire ; c'eſt un avantage qui ne ſe perd jamais, & qui décide de la vie entiere.

Queſnay eut bientôt occaſion de l'éprouver. Avide de connoiſſances, impatient de fouiller dans les tréſors de l'antiquité, il apprit preſque ſans maître le latin & le grec. La vigoureuſe ſanté qu'il devoit à ſon éducation rurale ſecondoit ſon ardeur pour le travail. On l'a vu ſouvent dans un jour d'été partir de *Méré* au lever du ſoleil, venir à Paris pour acheter un livre, retourner en le liſant, & le ſoir avoir fait vingt lieues à pied, & dévoré l'Auteur qu'il vouloit connoître. C'eſt ainſi que les Ouvrages de Platon, d'Ariſtote & de Ciceron lui devinrent familiers en peu de temps. A ſeize ans & demi il avoit fini le cours d'étude qu'on appelle ordinairement *humanités*.

Ce fut alors que ſa mere, femme d'une raiſon forte, & d'un caractere nerveux, lui donna Montagne à lire, en lui diſant : » tiens, voilà pour » t'arracher l'arriere-faix de deſſus la » tête ». Cette anecdote intéreſſante que j'ai cru devoir rapporter, ſuffit pour donner une idée de la mere de Queſnay. On ne ſera plus étonné que le fils d'une telle mere ait été un homme original, peu aſſujetti aux préjugés, propre à ſe frayer lui-même les routes qu'il vouloit parcourir (1).

(1) Il eſt très vrai, comme l'a remarqué

Quesnay avoit déja le jugement trop solide, pour ne pas comprendre qu'embrasser également toutes les sciences, c'est renoncer à la gloire de les approfondir. Il resta pendant quelque temps incertain sur le choix particulier qu'il devoit en faire; enfin le desir empressé de se rendre utile à la société, le fixa sur la Médecine.

Convaincu que la Chirurgie, la Botanique & la Physique expérimentale sont liées à cette science par les rapports les plus immédiats, il les étudia avec la même ardeur, sous les plus grands Maîtres de la Capitale. Il alla s'établir ensuite dans un village, appellé *Orgeru*, afin de pouvoir s'appliquer plus facilement à la connoiss-

---

M. de Buffon, qu'en général les races se féminisent, ou tiennent principalement du caractere & des dispositions des femmes qui les ont perpétuées. Il n'est presque point de grand homme qui n'ai eu pour mere une femme d'un mérite supérieur; & c'est une des raisons qui montrent combien il est important aux familles d'assortir les mariages, non pas tant encore pour la naissance & la fortune, que pour les qualités physiques & morales des individus . . . . .

ſance des plantes ; de-là il paſſa à Mantes, pour y exercer la Chirurgie.

Ce fut-là qu'il commença à déployer ſon zele, & qu'il en montra tout le déſintéreſſement. Queſnay étoit doué de cette généreuſe ſenſibilité qu'il faut avoir pour en ſentir tous les charmes. La miſere du peuple, au milieu duquel il vivoit, offroit ſans ceſſe à ſes yeux un ſpectacle attendriſſant, auquel il ne refuſa jamais des larmes. Cette fraternité, lien ſolide & principal du ſyſtême d'économie dont il fut depuis l'inventeur & le pere, cet amour pour le bien de ſes ſemblables indiſtinctement, le portoient naturellement aux entrepriſes les plus pénibles & les plus difficiles. Les ſecours de ſon art étoient prodigués à tous ceux qui les imploroient, dans tous les lieux, dans tous les temps, malgré l'intempérie de toutes les ſaiſons. Toujours heureux du bonheur des autres, ſes veilles, ſes travaux, ſes recherches continuelles, n'eurent jamais d'autre but. Loin de courir après la gloire, ce brillant phantôme qui éblouit conſtamment les hommes ordinaires, Queſnay ſe propoſoit de mener une vie retirée & obſcure. S'il fut jaloux de ſe perfectionner dans ſon art, ce ne fût dans d'autres vues que dans celles de l'exercer avec plus de ſûreté pour ceux qui avoient recours à lui.

Cependant les ſuccès multipliés ſous ſa main, étendirent ſa réputation & lui mériterent la place de Chirurgien de l'Hôtel-Dieu de *Mantes*. Appellé de tous côtés pour les maladies les plus graves, à peine ſuffſoit-il à la confiance que le Public lui témoignoit.

Queſnay n'étoit encore connu que ſur ce petit théâtre; & ſatisfait du bien qu'il y faiſoit tous les jours, il n'ambitionnoit pas davantage, quand un événement inattendu lui fournit l'occaſion de mettre au grand jour des talens plus éclatans encore, & fixa ſur lui les regards de l'Europe ſavante... En 1727 M. Silva qui paſſoit pour le plus habile Médecin que l'on connût alors, publia un Traité de la Saignée. Cet Ouvrage, orné d'un beau ſtyle, enrichi de calculs en apparence profonds & d'obſervations ingénieuſes ſur une matiere peu familiere au Public, eut le ſuccès le plus brillant. Queſnay le lut, & trouva que les principes en étoient totalement contraires à ceux qu'il s'étoit formés par les études, & qu'avoit confirmés ſon expérience. Il jugea que les conſéquences en pouvoient être dangereuſe pour l'art de guérir, & réſolut de le combattre. Cependant au moment de lutter contre un homme de la plus haute réputation, & qui jouiſſoit des premieres places, il ne pût ſe défendre de quelques inquiétudes : il repaſſa avec la plus grande ſévérité tous les principes de ſes connoiſſances ſur la matiere dont il s'agiſſoit, & relut tous les ouvrages qui pouvoient y avoir rapport. Il obſerva de nouveau, avec l'attention la plus ſoutenue, tous les phénomenes que préſente la ſaignée ; & toujours plus convaincu que M. Silva s'étoit livré à des erreurs ſéduiſantes, il ſe détermina enfin à publier ſa critique, ſûr qu'un ſimple Chirurgien de *Mantes*, avec la raiſon, ne devoit pas redouter le premier Médecin de France, Membre de toutes les Académies, mais ayant tort.

Cette critique parut en 1730 ſous le titre *d'Obſervations ſur les effets de la Saignée, fondées ſur les loix de l'hydroſtatique, avec des remarques critiques ſur le Traité de l'uſage des différentes ſortes de Saignées de M. Silva.*

L'eſpoir de Queſnay ne fut point déçu. A peine ſon Livre parut-il, que ſa grande ſupériorité ſur celui de M. Silva, fut décidée par tous les Juges compétens.

Sa renommée alors le porta dans les ſociétés les plus diſtinguées, & il s'y fit aimer par les agrémens de ſon caractere & de ſon eſprit; la vivacité & la gaieté de celui-ci lui fourniſſoit dans la ſociété des saillies plaiſantes, ſans néanmoins offenſer perſonne. Ses manieres étoient douces & honnêtes, ſa bonté prévenante, ſon érudition variée & dépouillée de pédantiſme; auſſi à peine fut-il connu, qu'il fût recherché de tout le monde. Feu le Maréchal de Noailles en fit ſon ami, & ce fut chez lui que Queſnay eût occaſion de faire connoiſſance avec M. de la Peyronie; les converſations que ces deux hommes célebres eurent ſur les objets relatifs à leur art, donnerent à ce dernier la plus haute idée du mérite de Queſnay. Dans ce même temps, M. de la Peyronie venoit d'obtenir la fondation de l'Académie Royale de Chirurgie; il crut que perſonne n'étoit plus capable que Queſnay d'en remplir la place de Secrétaire perpétuel; & il le chargea de rédiger le premier volume des Mémoires de cette Compagnie naiſſante.

La Préface de cet Ouvrage, faite par Queſnay, eſt un chef-d'œuvre de génie & de goût, qui ſeul auroit pu lui mériter une réputation à jamais durable : en effet, quelle intelligence dans le plan, quelle juſteſſe dans l'ordonnance, quelle vérité dans les principes, quelle liaiſon dans les conſéquences, quelle profondeur dans les penſées, quelle élégance dans l'expreſſion, quelle harmonie, quelle clarté, quelle préciſion dans le ſtyle ; en un mot, quelle perfection dans l'enſemble ! Et qu'on ne s'imagine pas que la lecture en doive être réſervée à ceux-là ſeuls qui s'adonnent à la Chirurgie ou à la Médecine, les hommes livrés à l'étude de toutes les autres ſciences & de tous les arts, les Naturaliſtes, les Philoſophes, les Littérateurs même ne peuvent qu'en tirer un très grand fruit.

L'Auteur, après avoir montré que les ſciences reſtent long-temps enveloppées d'obſcurité, que les traits de lumiere que quelques grands hommes jettent ſur elles par intervalle, ne ſuffiſent pas pour leur gloire ; que leur progrès ſont lents ; que leur perfection paroît fuir loin d'elles à meſure qu'elles s'en avancent de plus près, donne les régles principales qu'il faut mettre en pratique, ſi l'on veut ſe rendre habile dans l'art de guérir.

L'*obſervation* & *l'expérience* ſont, ſelon Queſnay, les deux ſources d'où découlent les vérités qui peuvent enrichir cet art. Par l'obſervation on ſuit la nature dans ſa marche obſcure, on l'examine attentivement; par l'expérience on l'interroge, on lui arrache ſes ſecrets. L'obſervation & l'expérience doivent ſe tenir étroitement liées & ſe prêter leurs ſecours réciproques. La premiere, abandonnée à ſes ſeules forces, peut jeter dans l'erreur; elle eſt incertaine. L'intérêt, le préjugé, la maniere particuliere d'appercevoir, ſont ſouvent des écueils contre leſquels la vérité vient faire naufrage. La ſeconde, ſans le ſecours de l'obſervavation, peut de même égarer; il faut la ramener au témoignage de la raiſon. C'eſt ſur l'accord mutuel de l'une & de l'autre que la ſcience de la nature imprime ſon ſceau. Sans théorie, il n'y a ni ſcience ni art; Queſnay définit avec juſteſſe celle de la Chirurgie, *la pratique réduite en préceptes*. Il rejette hors d'elle les applications arbitraires, les opinions dictées par la ſeule imagination, les ſimples vraiſemblances, les pures possibilités. Les connoissances appuyées sur les causes de nos maux ; sur l'observation de leur signe, sur les loix de l'économie animale, sur l'opération des remedes ; sur la physique & sur la nature, composent la théorie de l'art de guérir. Tout ce que notre Auteur en dit est vrai, judicieux, sage, méthodique, bien suivi, bien enchaîné, & peut s'appliquer à une infinité d'autres sciences.

Mais quoique la théorie de la Chirurgie soit lumineuse & profonde ; cependant les préceptes dont elle est formée sont circonscrits dans des limites étroites. Là où s'éteint le flambeau de la certitude, on n'a d'autres guides pour se conduire que la *conjecture* & *l'analogie*. Dans les travaux de l'esprit, elles contribuent souvent à la découverte de la vérité ; mais ce n'est qu'à des hommes savants, à des génies, qu'il appartient d'en faire usage, encore cet usage doit-il être très modéré. Il est facile, dit l'Auteur, *de tomber dans l'erreur, & fort difficile d'en sortir*. Idée remplie de de ſens & de raiſon, qui devroit être empreinte dans tous les eſprits pour la gloire des Sciences. On ne verroit plus alors tant d'hommes à paradoxes, tant de fabricateurs de ſyſtêmes, fauſſement décorés du beau nom de Philoſophe.

Je ne pourſuivrai pas l'analyſe de cette préface ; j'en ai aſſez dit pour donner une idée des rares talents & des lumieres étendues qu'elle décelle. L'éloge que Queſnay y fait des *Lanfranc*, des *Bengarius*, des *Guillemau*, des *Pigray*, des *Thévenins* ... &c. pourroit s'appliquer à lui-même. » Avec un eſprit préparé par l'étude » des langues ſavantes, cultivé par » les Belles-Lettres, enrichi des » connoiſſances philoſophiques, il a » porté la lumiere dans tous les dé» tours de ſon Art ».

On trouve auſſi dans le premier volume de la Collection académique de Chirurgie, cinq Mémoires de Queſnay, où il a pratiqué les regles qu'il avoit déja tracées dans ſa préface. Il eſt beau de donner le précepte & l'exemple à la fois. Je ne parlerai point de ſes autres Ouvrages concernant la Chirurgie & la Médecine; c'eſt aux Maîtres dans ces deux Sciences à décider de leur bonté, & depuis long-temps ils en ont porté un jugement qui fixe toute incertitude (1).

Queſnay avoit cédé aux vives inſtances de M. de la Peyronie, il avoit quitté ſa patrie, & s'étoit fixé à Paris, centre des talents, du goût & des Arts. Feu M. de Villeroy ſe l'étoit attaché en qualité de ſon Chirurgien-Médecin. L'eſtime qu'il conçût de Queſnay le porta à ſolliciter pour lui la place de Commiſſaire des Guerres à Lyon, dont il étoit Gouverneur.

A tous les talents dont la nature avoit favoriſé Queſnay, il joignoit encore celui de ne point exciter la jalouſie parmi les hommes qui couroient la même carriere. Talent rare qui vient du cœur, & qui ne s'allie guere avec ceux de l'eſprit. M. de

(1) Ces Ouvrages ſont le Traité de la Saignée; à Paris chez d'Houry, 1 vol. in-12. Le Traité des Fievres, 2 vol. in-12. chez le même; & le Traité de la Gangrene, 2 vol. in-12, &c.

la Peyronie le fit investir de la Charge de Chirurgien du Roi en la Prévôté de l'Hôtel ; ce qui lui donna l'aggrégation au College de Chirurgie ; & peu de temps après il lui fit accorder le brevet de Professeur royal du même College.

L'objet de Quesnay étoit rempli : il avoit cultivé toutes les Sciences qui touchent à la Médecine, l'Histoire naturelle, la Botanique, la Chymie ; la Physique expérimentale, la Chirurgie, il en avoit saisi tous les rapports ; il ne lui restoit donc plus pour l'exercer publiquement que de prendre le grade de Docteur : c'est ce qu'il fit en Lorraine à l'Université de Pont-à-Mousson. Cette époque fut celle de son élévation & de sa fortune. Il acquit bien-tôt, avec l'agrément du Roi, la survivance de la place de son premier Médecin ordinaire ; il en devint le titulaire, & y joignit ensuite celle de Médecin du grand Commun.

Le théâtre brillant sur lequel il étoit monté lui fournissoit sans cesse des situations nouvelles pour augmenter l'éclat de sa réputation. Ce Prince, si peu connu durant sa vie ; mais assez connu après sa mort, pour qu'on lui ait accordé le même surnom qu'à Louis XII, *le Pere du Peuple.* Ce Prince qui, sur le Trône, auroit été un Roi philosophe, un modele parfait des Souverains par la sagesse de ses vues, la profondeur de ses connoissances, la simplicité de ses manieres, la pureté de ses mœurs, la bonté de son cœur, son amour pour la Nation ; pour tout dire en un mot, feu M. le Dauphin avoit été frappé par ce fléau terrible qui n'agueres a couvert la France de deuil. Ses jours étoient en danger, & la crainte générale. Mais Quesnay veilloit autour de lui comme à la garde d'un trésor précieux. C'en étoit assez pour sauver de la mort ce Prince chéri. Les soins du Médecin demandoient une récompense : cette récompense que Quesnay avoit trouvée, dans ses succès, assez abondamment pour que toute autre dût peu lui être sensible, fut une pension, qu'on augmenta lorsqu'il obtint la place de Médecin consultant du Roi.

Les faveurs dont étoit comblé Quesnay n'étoient point mendiées, quoiqu'il fût à la Cour, je veux dire, au sein des sollicitations importunes, il n'en connut jamais l'usage ; il avoit l'ame trop sincere & trop belle pour se plier à la flatterie. L'usage qu'il fit de son crédit le rendit respectable à ceux mêmes qui sont le plus accoutumés à ne rien respecter. Distingué, favorisé, chéri même par une Personne puissante, s'il posséda sa confiance la plus intime, ce fut sans l'acheter par des bassesses ; & s'il voulût en profiter, ce fut seulement pour procurer l'instruction & le bonheur de sa Patrie.

Les titres les plus illustres sont ceux que fournit le mérite personnel. Celui de Quesnay étoit assez connu de Louis XV ; ses écrits & les succès qu'il avoit eu dans son art, le désignoient trop pour ne pas obtenir de ce Prince des titres de noblesse, dont le diplome prouve clairement la satisfaction qu'il avoit des services de Quesnay. Il voulut mettre le comble à cette grace, en choisissant lui-même l'écuſſon de ſes armes, qu'il compoſa de trois fleurs de penſée ſur un champ d'argent, à la faſce d'aſur, avec cette deviſe remarquable *propter cogitationem mentis.* Un pareil monument élevé par un Souverain en l'honneur des talens, fait autant ſa gloire que celle du ſujet qui en fut l'objet.

Queſnay *penſoit* donc & penſoit d'une maniere forte, neuve, élevée. Son génie étoit d'accord avec ſon ame. Comme il ſentoit vivement, il penſoit avec énergie. Pour achever de s'en convaincre, il ſuffit d'examiner attentivement les autres ouvrages ſortis de ſa plume; ils ſont tous marqués au coin, de l'invention & de la profondeur. *L'Eſſai phyſique de l'Economie animale*, prouve combien ſon Auteur étoit Obſervateur, Phyſicien & Moraliſte tout à la fois. La filiation d'idées qui y régne, la clarté dans la maniere de les exprimer, les connoiſſances anatomiques, la ſcience du cœur humain, le méchaniſme & le jeu des paſſions que Queſnay a développés avec le plus grand art, les maximes & les regles de vertu qu'il y a semées, donnent une idée exacte du cœur & du génie de Quesnay.

Boerhaave avoit fait une physiologie, dans laquelle il avoit répandu la lumiere sur la structure des organes du corps & leurs fonctions particulieres; mais il avoit omis d'expliquer les premieres causes Physiques qui leur donnent de l'action, ou du moins n'en avoit-il parlé que fort légérement. Quesnay comprit toute l'importance de cette partie de la Physiologie; elle étoit neuve: il crut devoir la traiter pour l'utilité publique.

Le plan de son Ouvrage est détablir les principes nécessaires à la connoissance des causes générales qui concourrent avec les organes du corps aux opérations de la nature, & peuvent occasionner d'autres effets avantageux ou nuisibles, indépendamment de l'action de ces mêmes organes. Pour remplir ce plan selon ses vues, Quesnay traite des principes des corps en général, qu'il divise en deux sortes ; principes des corps simples, qu'on appelle principes constitutifs, il entend par-là la matiere & la forme ; principes ou élémens des mixtes, c'est-à-dire, des corps composés de corps simples. Les détails dans lesquels il entre sur ces objets qu'il traite séparément, sont aussi variés qu'intéressans & utiles. Je ne parlerai pas des principes constitutifs & des élémentaires qui n'ont rapport qu'à la Physique ou à la science Physico-médicale. Je m'attacherai seulement aux facultés sensitives & intellectuelles que ces derniers principes renferment.

Ce que Quesnay avance sur les sensations, les perceptions, le dicernement & la mémoire, l'imagination & la science, doivent le faire placer à côté de ce grand homme (1), dont il a combattu l'opinion sur l'étendue & le systême de la vision en Dieu ; tant il a sçu rendre sa méthaphysique juste & lumineuse. Il

(1) Mallebranche.

passe ensuite aux inclinations ; elles ont pour objet le bonheur de l'ame, & prennent leur source dans des dispositions particulieres qui viennent de l'organisation des sens, différentes des passions qui consistent dans des sentiments vifs habituels, excités & nourris par la présence des objets. Ici l'Auteur indique le nombre de ces passions, les range par classe avec beaucoup d'ordre & de précision, & fait voir que l'habitude de s'y livrer, en affermit l'empire; qu'elles détruisent la dignité de l'homme, éteignent le flambeau de sa raison, & le font agir comme une machine déréglée & nuisible. Tableau reflêchi de morale, qui annonce l'homme sage & l'homme religieux.

Les chapitres sur l'instinct, les sens internes, la conception, le bon sens, distingué de la raison & du jugement, la prévention qui différe du préjugé, les idées, la pensée, la faculté imaginative, la certitude des connoissances que nous procurent nos idées, la volonté, la raiſon, l'attention, la mémoire intellectuelle, la réflexion, l'examen ou la contemplation, le raiſonnement, le jugement, ſont d'une ſagacité qui ne laiſſe rien à deſirer au Lecteur. Queſnay approfondit la liberté de l'homme; il l'a fait conſiſter dans le pouvoir de délibérer pour ſe déterminer avec raiſon à agir ou à ne pas agir. Il parle avec la même vérité des principes de l'exercice de cette liberté, des fonctions de l'ame dans cet exercice, du bon uſage qu'il en faut faire, des avantages & des déſavantages de l'habitude, des devoirs à remplir envers la ſociété, qu'il a déployés avec plus détendue dans d'autres ouvrages dont je parlerai plus bas. Ce qu'il dit touchant l'immortalité de l'ame, eſt une nouvelle preuve de ſes connoiſſances de ſa religion.

Il expoſe enſuite les ſources de nos erreurs dans la recherche de la vérité; elles viennent, ſelon lui, de trois cauſes, de la *prévention*, du *préjugé*, de la *ſuppoſition*.

La prévention que nous ſuivons

par communication, & qui est une suite ordinaire des recherches infructueuses de ceux qui nous la communiquent, naît des idées même qu'on nous communique, ou des erreurs du raisonnement, capables de nous séduire, puisqu'ils les ont séduits eux-mêmes. A ces raisonnements captieux, se joignent les termes qui représentent les idées communiquées, termes quelquefois peu exacts, vagues, remplis d'obscurité. La Philosophie a admis beaucoup d'expressions qui ne peignent que des idées indéterminées & confuses. On a donné dans la suite, par extention à ces mêmes expressions, un sens plus déterminé : de-là cette infinité d'idées fausses que l'esprit embrasse. Quesnay n'entre pas dans l'examen de ces termes, parcequ'il est plus sûr & plus facile, dans la recherche de la vérité, de considérer attentivement les idées, & de faire évanouir l'erreur en s'exprimant d'une maniere claire, que de vouloir abolir la fausse signification de certaines expressions, qui tyrannise les esprits par le defpotifme de l'ufage.

Les erreurs du *préjugé* font aifées à détruire, lorfqu'on marche vers la vérité, dans l'intention de l'atteindre, & avec les difpofitions néceffaires. Le defir de la trouver eft le plus grand pas qu'on puiffe faire vers elle. De nouvelles lumieres, des obfervations plus refléchies, un examen plus fuivi & plus combiné achevent le triomphe, & nous font faifir des vérités qui nous avoient échappées.

La *fuppofition* eft la fource la plus commune de nos erreurs ; elle eft l'ouvrage de la curiofité & de l'envie infatiable que nous avons d'élargir la fphere de nos connoiffances. Il eft, dans tous les objets, des propriétés qui fe dérobent à nos foibles regards. Les rapports qu'ils ont les uns avec les autres, nous font également voilés. Nous croyons même appercevoir avec eux les contradictions qui ne nous paroiffent telles que par le défaut de liaifon qui fe trouve dans nos idées. Les ténébres de notre ignorance nous tourmentent. Nous nous agitons dans le cercle étroit de nos pensées, où l'esprit est comme emprisonné, nous brisons la barriere qui le resserre ; & pour satisfaire notre curiosité, nous nous abandonnons à la vraisemblance, à des idées vagues & incomplettes, nous en substituons de déterminées & de complettes. L'illusion est agréable ; elle nous séduit. Plus nous considérons ces idées factices, plus les ombres qui nous cachent les naturelles s'épaississent, plus il nous semble voir de propriété dans les objets, plus nous en adoptons, plus nos erreurs augmentent ; de-là ces systêmes brillans & ingénieux que l'imagination produit dans d'agréables transports, de-là ces sentiments hypothétiques qui enlevent aux sciences leur certitude & leur évidence.

Pour se garantir des effets dangéreux de la supposition, il faut se méfier de soi-même, étudier les bornes de ses connoissances, ne se laisser séduire, ni par ses fictions, ni par celles des autres, n'adopter que les opinions établies ſur la raiſon & ſur la nature ; regles ſûres & invariables que Queſnay ſuivit conſtamment dans le cours de ſes études, & que tous les hommes devroient embraſſer pour les progrès de la vérité.

Après cela, notre Auteur parle du goût. Il s'appuie ſur l'expérience, pour prouver qu'il en eſt un général & un autre particulier. Ces obſervations vraies & judicieuſes, touchant les ſaveurs, les odeurs, les ſons, les objets de la vue & du tact, portent également ſur la muſique, la peinture, l'architecture, la gravure, la poéſie, l'éloquence & les ſentiments de l'ame.

Le génie eſt le pere & le conſervateur de tous ces arts ; c'étoit à Queſnay qu'il appartenoit d'en tracer le tableau. Le génie ſeul doit peindre le génie. Avec quelle richeſſe d'imagination notre Auteur en repréſente-t-il les effets ? Son pinceau eſt tour-à-tour noble & délicat. Sublime & naif, vigoureux & riant ; nouveau Prothée, il ſait prendre toutes ſortes de forme, & nous enchanter en donnant des préceptes par la magie de ſon ſtyle, par le preſtige de ſon coloris. A l'énergie de *Rubens*, il réunit la fraîcheur de *l'albane*. Qu'il eſt charmant ce portrait d'un Berger & d'une Bergere, que le Peintre embellit de tous les ornements dont la nature peut le décorer ! « Il leur prête les ſentiments » les plus vifs, les plus tendres que » l'amour inſpire, & les place dans » un boccage embelli d'un gaſon » émaillé de fleurs, bordé de payſa» ges, varié de mille objets agréa» bles, arroſé de ruiſſeaux, dont » les eaux argentées roulent ſur des » cailloux brillans, enchaſſés dans » un ſable doré ; les oiſeaux vien» nent mêler leur ramage mélodieux » au tendre langage de ces jeunes » amants »... Quelles images ! quelle poéſie ! & combien ſont éloignés de connoître Queſnay, ceux qui immaginent qu'il n'a jamais ſacrifié aux graces.

On eſt étonné de ce qu'il ſe ſoit trouvé peu de génies qui aient été doués d'un goût ſûr. On ceſſera de l'être, si l'on réfléchit sur la différence que Quesnay met entre les causes qui forment l'un & l'autre. Le goût est produit par un sentiment exquis, & le génie par une intelligence prompte, par une imagination ardente, par des sentiments vifs & élevés. Le goût demande beaucoup de connoissance, sur-tout celle des regles ; le génie peut exister sans elles. Témoin Racan & le Menuisier de Nevers (1), appellé le *Virgile à rabot*. Tous les deux hommes de génie, le premier étoit dans l'ignorance, & le second n'avoit pas la moindre teinture des sciences & des beaux arts (2). L'Abbé Desfontaines, devenu si redoutable dans l'empire littéraire, par ses critiques, dont la plupart étoient des satyres, avoit acquis beaucoup de connoissances ; il avoit du goût, malgré la partialité, la fausseté de ses juge-

---

(1) Maître Adam, sous Louis XIII, Auteur de la chanson : *Aussi-tôt que la lumiere.*

(2) Rapin, dans ses Réflexions sur l'éloquence & la poésie.

ments : cependant il étoit né sans génie. La nature & l'art forment le goût ; le génie est dû tout entier à la nature ; mais ce que la nature fournit au goût, est infiniment moins rare & moins précieux que ce qu'elle donne au génie. Avouons néanmoins qu'il est très difficile de juger sainement des ouvrages de l'esprit.

Quesnay termine son *Essai Phisique sur l'Economie Animale*, par un traité des *Facultés*. Le dérangement des facultés de l'ame qui influe sur le corps, engendre plusieurs maladies ; & le dérangement des facultés du corps qui influe sur l'ame, en altere les fonctions. Cette matiere ne peut donc qu'être utile à discuter ; elle est même nécessaire & fait partie de la Physiologie ; Quesnay l'a traité en maître. Son chapitre de l'Action du Corps sur l'Ame, & de l'Ame sur le Corps, est rempli de vérités, de sagacité & de justesse d'esprit. Le reste porte la même empreinte.

Après avoir terminé son travail sur l'*Economie Animale*, Quesnay se trouva naturellement conduit à s'occuper de l'*Economie Politique*. En réfléchissant aux influences des affections de l'ame sur le corps, on ne tarde guere à se convaincre que les hommes ne sçauroient avoir une véritable santé s'ils ne sont heureux, & ne peuvent être heureux s'ils ne vivent sous un bon gouvernement.

Quesnay est peut-être le seul médecin qui ait pensé à cette espece d'hygienne (1) ; quand il voulut connoître les principes de la science du gouvernement, le premier qui le frappa, fut que les hommes sont des êtres sensibles, puissamment excités par les besoins à chercher des jouissances & à fuir les privations & la douleur. Pour savoir comment multiplier ces jouissances si nécessaires à l'espece humaine, il fallut remonter à la source des biens qui les procurent. Ce fut alors que Quesnay se rappella les premieres occupations de son enfance, & que l'agriculture fixa son attention, avec un intérêt plus vif encore.

Les politiques qui avoient écrits avant lui, comptoient plusieurs sources de richesses, la culture le com-

(1) L'art de guérir par un bon régime.

merce, l'induſtrie. Queſnay reconnut & fit voir, que l'agriculture, la pêche & l'exploitation des mines & des carrieres, étoient les ſeules ſources des richeſſes, & que les travaux du commerce & de l'induſtrie, ne conſiſtoient qu'en ſervices, en tranſports, en fabrications, qui ne donnent que des formes nouvelles à des matieres premieres, & par la conſommation des ſubſiſtances préexiſtentes; que le ſalaire de ces travaux n'étoit que le rembourſement néceſſaire de leurs frais, l'intérêt des avances qu'ils exigent, l'indemnité des riſques qu'ils entraînent, & que le tout n'offroit que des échanges de richeſſes contre d'autres richeſſes de valeur égale, au lieu que dans l'agriculture, il y a une production réelle de richeſſes, de matieres premieres, de ſubſiſtances qui n'exiſtoient point auparavant, dont la valeur ſurpaſſe celle des dépenſes qu'il a fallu faire pour opérer cette reproduction, principalement due à la propriété féconde, dont le ciel a doué la nature, & dont il a permis à l'homme de diriger à son profit la puissante activité. Ce fut sa premiere découverte en Economie Politique.

Elle enfanta plusieurs développements qui pourroient eux-mêmes passer pour d'autres découvertes. Quesnay remarqua que la culture non-seulement renferme des travaux, mais qu'elle exige des avances ; car tout travail entraîne des consommations coûteuses.

Ces avances de la culture sont de plusieurs sortes.

Il en est qui sont inséparables du fonds de terre sur lequel on les a faites, & qui, jointes à la qualité productive, constituent même la valeur de ce fonds. Telles sont les dépenses en desséchements de marais, en extirpations des bois nuisibles, en plantations de ceux qui sont nécessaires, en bâtiments, en direction des eaux, en creusement de puits... &c. Ces dépenses rendent propres à la culture, la terre d'abord sauvage : elles établissent le domaine de l'homme, sur ce qui n'étoit auparavant que le repaire passager de quelques animaux fugitifs. Quand on a fait des dépenses, il n'y a plus d'autres moyens d'indemnité que la jouissance & la culture de la terre qu'elles ont préparée. On ne sçauroit les transporter ailleurs, elles ne forment plus pour ainsi dire qu'une même chose avec le fonds qui les a reçu & qui leur doit son existence utile. Quesnay après avoir détaillé la nature de cette espece d'avance, les nomma *avances foncieres.*

Il y en a d'autres dont l'existence doit précéder la culture des fonds; de cette nature, sont les bestiaux, les troupeaux de différente espece, les instruments & outils des travaux champêtres. Un Cultivateur qui se propose de faire valoir l'héritage formé par le propriétaire foncier, doit amener sur ce fonds un attelier complet d'exploitation rurale. Il faut, pour former cet attelier, une masse de richesse proportionnelle à l'étendue du sol, & à la nature de l'exploitation. Outre les animaux de service, les instruments aratoires & les meubles de la ferme, il faut les premieres semences, & toutes les subsistances provisoires, jusqu'à la récolte. C'est ce bloc de dépenses préliminaires & indispensables, que Quesnay désigna sous le nom d'avances *primitives de la culture.*

Il en est enfin d'une troisieme espece, ce sont celles des travaux perpétuels de la culture, des labours, des semailles, des récoltes, du salaire des hommes que l'on emploie, de la nourriture des animaux nécessaires, &c. &c. Ces avances doivent être renouvellées tous les ans; car il faut que le cercle des mêmes travaux recommence chaque année. Quesnay leur a donné le nom d'*avances annuelles*, & il a compris les trois especes d'avances sous le nom général *d'avances productives.*

Les *avances foncieres* n'ont pas besoin d'être fréquemment renouvellées; un léger entretien leur suffit. Mais c'est l'emploi des avances *primitives* & *annuelles*, rédigé par l'intelligence du Cultivateur, qui fait naître la récolte *annuelle*, ou la reproduction totale du territoire. Pour perpétuer celle-ci, il faut nécessairement prendre sur chaque récolte le remboursement des avances annuelles qu'il faudra recommencer pour préparer la récolte de l'année suivante, & l'entretien des avances primitives; de même qu'une sorte d'intérêt pour les capitaux qu'on a employés à ces avances : de sorte que la profession du Cultivateur ne soit pas moins profitable à celui qui l'exerce, que toute autre profession n'auroit pu l'être.

Le Cultivateur soumis aux avances primitives & annuelles ne pourroit perdre sur la valeur de ces avances, valeur nécessaire, inviolable, sans que l'agriculture languît, & que la terre devenant progressivement abandonnée, devînt comme frappée de stérilité.

L'intérêt de la somme que le Cultivateur a avancée, l'entretien habituel du fonds qu'il fait valoir, la compensation des pertes & des risques lui sont dus au même titre. Sans cela, que deviendroit la justice, que deviendroient les fonds nécessaires à l'exploitation des terres, que deviendroient la culture, les récoltes, &

les hommes qu'elles doivent faire ſubſiſter ?

Ces différentes ſommes qu'il faut prélever annuellement ſur les récoltes, pour que la culture ſe perpétue ſans dépériſſement, ont été appellées par notre politique rural les *repriſes de la culture* ; il a donné le nom de *produit net* à ce qui reſte de la valeur des récoltes, lorſque les *repriſes de la culture* ont été remplies ; ce qui eſt le prix de la faculté productive de la terre, comme les repriſes elles-mêmes ſont le ſalaire du travail qui a excité cette faculté. Cette expreſſion qui déſigne le profit qui reſte à toute la claſſe propriétaire, lorſque tous les frais de ſon exploitation ont été défalqués, préſente une idée ſimple, juſte, claire, conforme à l'analogie de la langue ; & l'on aura quelque jour peine à concevoir qu'il ait pu exiſter des gens aſſez frivoles pour tenter de la tourner en ridicule.

Sous le nom de claſſe propriétaire, Queſnay comprenoit non ſeulement les particuliers poſſeſſeurs des terres, & chargés de l'entretien des avances foncieres, mais encore la ſouveraipeté chargée des dépenses publiques de l'instruction, de la protection civile, militaire & politique, & de l'administration publique, c'est-à-dire de former & d'entretenir les grandes propriétés communes, les chemins, les ponts, les canaux, & autres qui font valoir les héritages particuliers.

Ces grandes & utiles dépenses, qu'on peut appeller avances souveraines, sont le titre en vertu duquel la souveraineté peut & doit prendre sa part dans le produit net des fonds cultivés.

Ces idées & ces expressions sont à Quesnay, & la postérité, qui n'est animée d'aucune passion, qui ne connoît ni l'enthousiasme, ni l'envie ; la postérité, juste & reconnoissante, sentira bien qu'un homme qui a détaillé toutes les parties d'une science, qui en a vu & fixé la chaîne, qui en a fait la nomenclature, est le véritable inventeur de cette Science ; quand même il auroit eu quelques idées communes avec quelques illustres contemporains. Mais celles dont nous venons de parler jusques à présent ne sont reclamées par aucun d'eux.

Nous remarquerons, avec la justice que nous devons à la mémoire de Quesnay, si peu jaloux de sa propre gloire, qu'il étoit bien loin de vouloir s'approprier celle d'autrui, nous remarquerons les points dans lesquels il s'est rencontré avec quelques autres grands hommes, dont le nom, comme le sien, sera recommandable aux races futures.

Au reste, on doit convenir que cette distinction si simple entre les *reprises de la culture & son produit net*, est la clef de la science de l'économie politique.

Le *produit net* est la récompense des avances foncieres ; c'est dans la récolte la part du Propriétaire du sol & de la souveraineté. Il s'ensuit que, plus à récoltes égales, il peut y avoir *de produit net* à attendre, & plus il est avantageux de posséder des terres, de les étendre ou de les améliorer par des avances foncieres : de-là résulte que l'augmentation du *produit net* amene des augmentations naturelles de culture, & parconſéquent de ſubſiſtance & de population; & cela néceſſairement par le mouvement irréſiſtible de l'intérêt qui porte à rechercher, à créer, à améliorer des propriétés foncieres en raiſon du plus grand profit qu'elles préſentent à leurs poſſeſſeurs.

Mais quel eſt le moyen sûr d'avoir, à récoltes égales, le plus grand *produit net* poſſible ? C'eſt de reſtreindre autant qu'il eſt poſſible, les frais des travaux, des tranſports, des fabrications de toute eſpece. On ne peut y parvenir ſans dégradation & ſans injuſtice, que par la liberté la plus grande de la concurrence, & l'immunité la plus abſolue pour tous les travaux.

Les prohibitions reſtreignent le travail, les taxes le renchériſſent & le ſurchargent, les priviléges excluſifs le font dégénérer en monopole onéreux & deſtructeur ; il ne faut donc ſur ce travail, ni prohibitions, ni taxes, ni privileges excluſifs.

C'eſt ici que Queſnay s'eſt rencontré avec le ſage M. de Gournay, Intendant du Commerce, ſon Contemporain, qu'il eſtima, qu'il aima, & ſur la perſonne & ſur les diſciples duquel il ſe plaiſoit à fonder une partie de l'eſpoir de ſa patrie. M. de Gournay étoit arrivé à ce réſultat pratique, par une route différente : perſonne, diſoit-il, ne ſait ſi bien ce qui eſt utile au commerce que ceux qui le font; il ne faut donc point leur impoſer des réglements. Perſonne n'eſt ſi intéreſſé à ſavoir ſi une entrepriſe de commerce, ſi un établiſſement de fabrique, ſi l'exercice d'une profeſſion lui ſera profitable ou non, que celui qui veut le tenter; il ne faut donc ni corporations, ni jurandes, ni privileges excluſifs. Perſonne ne peut être sûr de tirer le plus grand profit de ſon travail, s'il n'eſt pas libre de le faire comme il l'entend, & s'il eſt ſoumis à une inquiſition & à des formalités gênantes. Tout impôt ſur le travail ou ſur le voiturage, entraîne des inquiſitions & des gênes qui dérangent le commerce, découragent &

ruinent les Commerçants ; il faut donc affranchir leurs travaux de ces impôts qui en interceptent le succès... *Laissez les faire & laissez-les passer.*

C'est à ce point que M. de Gournay avoit été conduit, par la contemplation de l'intérêt qu'ont les hommes à la liberté ; & M. Quesnay, par le calcul de l'intérêt qu'ils ont, a une abondante reproduction de subsistances & de richesses.

Parfaitement d'accords sur ces deux objets importants de l'administration publique, la liberté du commerce & l'impôt territorial unique ; ces deux grands hommes qui n'avoient commencés à se connoître que peu avant la mort de l'un des deux, & qui étoient animés d'un amour égal pour le bien, se voyoient, s'aimoient, se communiquoient leurs idées ; & sans doute on eut pu beaucoup attendre de la réunion de leur éclat & de leurs lumieres. Tous deux ont l'avantage d'avoir formé des éléves d'un mérite distingué, qui ont beaucoup contribués à répendre des lumieres utiles. Ils ne prévoyoient pas qu'on chercheroit un jour à les oppoſer l'un à l'autre ; leur cœur fraternel s'en ſeroit indigné. « Quand on parle pour » la juſtice & la raiſon, diſoit ſou-» vent Queſnay, on a bien plus » d'amis qu'on ne croit. Il y a d'un » bout du monde à l'autre une con-» fédération tacite entre tous ceux » que la nature à douée d'un bon » eſprit & d'un bon cœur Pour peu » qu'un homme qui expoſe le vrai, » en rencontre un autre qui le com-» prenne, leurs forces ſe décuplent. » C'eſt avec la vérité *qu'un* & *un* » font *onze*, & s'il s'y en joint encore » *un*, cela vaut *cent onze* ».

Puiſſe cet eſprit d'union & de confiance réciproque s'établir en effet, entre tous les défenſeurs de l'humanité ſi long-temps opprimée ! Leur nombre eſt-il ſi grand qu'il faille les diviſer encore ?... O MES AMIS ! banniſſés ces qualifications iſolantes qui réfroidiſſent & aigriſſent les cœurs. Ne donnez ni n'acceptez ces noms de Sectes, qui ſéparent ou aliénent les eſprits. Quiconque aime la patrie & l'humanité, ne doit-il pas regarder comme des freres, ceux qu'un même ſentiment embraſe à quelque foyer qu'ils l'aient allumés ? Quiconque aime l'inſtruction, doit-il craindre d'appeller ſon pere, ſon frere, ſon maître, l'homme qui lui enſeigne des vérités ?

Perſonne n'en a reconnu & montré un plus grand nombre que Queſnay, ni ſur des ſujets plus importants. C'eſt lui qui a découvert & prouvé que l'impôt ſur les conſommations, ſur le travail, ſur le commerce, non-ſeulement retombe ſur les propriétaires des biens fonds, mais y retombe avec une ſurcharge effrayante, une ſurcharge non-ſeulement proportionnée aux frais multipliés vexatoires & litigieux qu'il entraîne, mais redoutable, ſur-tout par la dégradation de la culture qu'il néceſſite. Une partie au moins de cet impôt porte, où eſt rejetée ſur les avances *primitives* & *annuelles* de l'exploitation des terres. Il les détourne de leur emploi fructueux ; il enleve une portion des capitaux qui devroient y être conſacrés. Cette puiſſante cauſe des récoltes diminuées ; les récoltes mêmes s'affaibliſſent, les ſubſiſtances manquent la population dont elles déterminent la meſure, périt dans le dénuement & l'infortune. Voilà ce qu'a dit & calculé Queſnay : voilà ce dont il eut le courage de faire imprimer la démonſtration, ſous les yeux même & dans le Palais du feu Roi (1), auprès duquel il avoit une protection puiſſante. Combien eſt-il rare de faire un tel uſage, & de n'en faire aucun autre de la faveur ?

Par rapport au commerce des productions, & ſpécialement à celui des grains, c'eſt Queſnay qui a obſervé que la liberté qui égaliſe les prix, en appellant au ſecours des Cantons en proie à la diſette, les productions de ceux qui ſont dans l'abondance ; & en permettant de conſerver pour les années ſtériles, le ſuperflu des fécondes, c'eſt lui, dis-je, qui a obſervé que

(1) Tableau économique, imprimé dans le Château de Verſailles, en

cette liberté bienfaisante assure un grand profit aux vendeurs des productions, aux cultivateurs, aux propriétaires des terres, sans causer aucune perte aux consommateurs, & même en diminuant le prix commun de leur subsistance. Cette vérité qui paroît d'abord paradoxale, est fondée sur ce que les consommateurs ont besoin d'une égale quantité de productions tous les ans, qu'on paye à des prix inégaux, selon l'abondance ou la rareté locales; tandis que les producteurs ont peu à vendre dans les années de cherté, & beaucoup dans celles où le prix est avili par l'excès d'une reproduction qui surpasse le débit possible ou profitable. Telle est la base d'un calcul ingénieux, profond, qui présente un des plus forts arguments en faveur de la liberté du commerce; & qui est encore une des découvertes de Quesnay.

Mais continuons l'examen de sa marche, dans la science de l'économie politique, & de la nomenclature qu'il a donné, en avançant à tous les objets.

Après les cultivateurs qui exécutent les travaux productifs, & les propriétaires qui en reçoivent le *produit net*, on ne peut s'empêcher de reconnoître un autre ordre de travaux qui facilitent les jouissances, sans multiplier les matieres qui en fournissent le fonds, & les richesses qui les soldent. Tels sont ceux qui sont nécessaires, pour que les productions tant naturelles que travaillées, parviennent à leur dernier terme qui est la consommation. Il faut les transporter, les façonner, les trafiquer; c'est ce qui constitue le négoce & les manufactures; c'est ce qui donne l'existence aux négociants, aux artisants, aux artistes qui forment une classe remarquable parmi les hommes réunis en société.

Les hommes dans un état sont donc divisés en trois classes. La premiere est la *productive*, c'est celle des cultivateurs, classe bienfaisante dont la richesse fait la force & la gloire des empires, puisque c'est d'elle que découle le bonheur ou le malheur des deux autres. L'avilir, la tourmenter, l'accabler sous le faix des impôts qui ne peuvent entraîner les reprises sans détruire les richesses renaissantes ; c'est écraser la nation appuyée sur elle. Souverains, ministres & administrateurs protégés, récompensés ; multipliés les cultivateurs, si vous voulez que l'Etat dont vous avez les rênes entre les mains brillent d'un éclat durable.

La seconde classe est celle des *propriétaires*, c'est-à-dire des possesseurs particuliers qui forment les avances foncieres, les entretiennent, reçoivent & dépensent leur portion du produit, & des agents de la souveraineté, qui remplissent toutes les fonctions de l'autorité publique ; & qui sont payés par une autre portion du même produit net.

La troisieme est celle qui renferme les négoçiants, les artistes & leur salariés. Cette classe s'occupe de travaux utiles, intéressants, ingénieux, mais payés par les richesses que le sol ou les eaux ont fait naître : elle échange, elle arrange, elle ne produit point. L'appeller non productive seroit une expression composée peu conforme à la ſimplicité de la langue. Queſnay l'a nommée la claſſe des dépenſes ſtériles.... Ici, qu'elle rumeur s'éleve, que de cris ſe font entendre. Eh quoi, la claſſe de ceux qui par leurs talents leur induſtrie, leur profeſſion animent le commerce, entretiennent le mouvement de ſes reſſorts, attirent l'or des nations étrangeres & répandent par-tout l'abondance, doit elle être appellée claſſe ſtérile ; parcequ'au lieu de conſacrer ſes travaux à la charue, pour ſillonner les champs, elle l'emploie à des manufactures ou à des métiers...... Non répondrai-je à ces citoyens honnêtes, trop prompts à ſe formaliſer. La claſſe des ſalariés de l'induſtrie n'a jamais été regardée comme inutile à l'Etat ; mais elle eſt ſtérile, parcequ'elle differe de la claſſe productive, parcequ'elle ne crée rien, parcequ'elle ne fait que donner une nouvelle forme à ce qui a déja été produit, parceque ſes travaux ſont payés & ne paient point ; au lieu que les travaux de la culture ſe paient eux-mêmes & paient en outre tous les autres travaux humains.

Cette stérilité qui n'est point une injure, mais une qualité qui dérive de la nature des choses, est le gage le plus certain de l'immunité, que les gouvernements éclairés doivent assurer aux agents du commerce & des arts. S'ils produisoient des richesses, comment pourroit-on les exempter d'une contribution pour l'autorité protectrice des propiétés, s'ils n'en produisent point, leur franchise est de droit naturel. Etrange méprise ! Des hommes demandent qu'on soumette le commerce & les arts à des taxes, & ils passent pour leurs défenseurs. D'autres soutiennent que personne n'a le droit de demander des contributions, ni aux commerçants ni aux artistes, & ils passeront pour leurs ennemis (1).

(1) J'espere que les erreurs que j'ai pu faire sur la nature de l'impôt, dans mes observations sur le nouveau plan d'imposition imprimé l'année derniere, n'ont tiré à aucune conséquence. Je les confesse & les abjure de tout mon cœur. A mon âge il est permis, dit-on, de se tromper. Si cela est, ma faute est légere. Mais, en général,

Ne croyons pas que ces préjugés puissent être durables. On comprendra bientôt que l'impôt ne doit être pris que là ou la nature a mis elle-même de quoi y satisfaire, qu'à la source des revenus, & que c'est l'intérêt commun des trois classes qui forme la société.

C'est entre ces trois classes que se distribuent les subsistances & les matieres premieres. La classe productive qui recueille d'abord la totalité des productions, garde pour elle ses reprises & paie au propriétaire le *produit net*. Par ce premier partage des récoltes, les propriétaires acquierent le moyen de dépenser, & ils dépensent partie à la classe productive, en achats de subsistances; & partie à la classe stérile, en achats de marchandises ouvrées. La classe productive dépense elle-même les reprises qu'elle s'étoit réservée: elle en consomme la plus forte partie en nature pour sa

---

quand on revient sur ses pas, le mal n'est rien : l'obstination & l'endurcissement seuls font le crime.

ſubſiſtance, & fait paſſer le reſte à la claſſe ſtérile, pour payer les marchandiſes, les vêtements & les inſtruments dont les cultivateurs ont beſoin. La claſſe ſtérile reçoit donc les ſalaires des deux autres ; mais comme il faut qu'elle ſoit nourrie & qu'elle continue le travail qui l'a fait vivre : elle dépenſe la totalité de ſa recette à la claſſe productive, partie en ſubſiſtances, & partie en achats de matiere premiere, qui ſont l'objet de ſes travaux & de ſon induſtrie, & le remplacement des avances.

C'eſt ainſi que la totalité de la récolte ſe partage entre trois claſſes. La premiere partie eſt pour celui qui l'a produit par ſes travaux ; la ſeconde eſt vendue à la claſſe propriétaire pour la partie de ſon produit net qu'elle conſomme en ſubſiſtances, & la troiſieme, à la claſſe ſtérile qui en conſomme une portion, & emploie l'autre à renouveller le fonds de ſes ouvrages & de ſes atteliers. Car les magaſins & les manufactures ne ſauroient s'élever ou crouleroient ſous eux-mêmes, par le défaut de marchandises que les différentes ventes enleveroient, si la classe stérile ne rachetoit à mesure de nouvelles matieres premieres pour perpétuer ses travaux.

C'est par l'argent monnoyé, que s'opere la plus grande partie de la distribution & de la consommation des productions formant les récoltes annuelles. Il circule entre les trois classes; le cultivateur donne le premier mouvement à cette circulation; il paie au propriétaire le *produit net*, & achete à la classe stérile des marchandises ouvrées. La seconde circulation est celle qui est produite par le propriétaire qui achete avec son produit net des subsistances, des ouvrages & des travaux. La classe stérile opere la troisieme en achetant à son tour des subsistances & des matieres premieres. De ces trois distributions, il en est deux qui sont incomplettes, & ne passent pas successivement dans les trois classes. La premiere est la partie que le cultivateur donne à la classe stérile pour la paier des ouvrages qu'elle lui a fait; la seconde est celle que le propriétaire donne au cultivateur pour le prix de ses subsistances. Mais il est aussi une partie circulante dans les trois classes, c'est celle qui est employée à l'achat des matieres façonnées : elle passe des mains du propriétaire dans celles de la classe stérile, pour remonter ensuite à sa source, je veux dire à la classe productive qui fournit la subsistance & les matieres premieres, nécessaires aux travaux de l'art.

Pour faire mieux comprendre cette distribution des productions & des richesses, ses effets & ses conséquences, Quesnay a imaginé de la peindre en établissant sur trois colonnes, les trois classes, & marquant par des lignes ponctuées qui se croisent, les différents articles de dépenses, ou d'achats & de vente qu'elles font les unes avec les autres.

C'est ce qu'on a nommé le *Tableau Economique*, formule précieuse qui abrége beaucoup le travail des calculateurs politiques déja instruits & éclairés ; mais qui n'a rien de plaisant & qui ne permet de trouver ridicule que la manie de ceux qui ont mieux aimé en faire un objet de raillerie, que de se donner la peine de l'étudier. Cette manie de persifler des objets d'une si haute importance au lieu d'y refléchir, paroît annoncer trop de petitesse dans les Ecrivains politiques qui se la sont permise. Il me semble que ce n'est point ainsi que les Géometres traitent entr'eux les théories profondes par lesqu'elles ils abrégent dans leurs savantes recherches, les efforts de l'esprit humain.

On peut consulter dans la Physiocratie, ce Tableau Economique, réduit par son auteur même à la plus grande simplicité. On y verra qu'il peut avoir des données très diverses, & présenter aussi des résultats très différents. Une société peut être dans un état de stabilité, de prospérité croissante, ou de décadence : les tableaux qui la peignent dans les différents états ne sont pas les mêmes ; car alors ils ne la peindroient plus. Il faut recueillir les données d'après lesquelles on veut faire le tableau d'un

Etat. Si elles sont fausses, le tableau donnera un résultat trompeur. Et ainsi sont toutes les regles d'arithmétique, quand on les emploie sur des données inexactes.

Mais toujours est-il qu'avec un certain nombre de faits assurés, & le secours du Tableau économique, on peut calculer très promptement l'état d'une Nation.

Par exemple, la récolte totale, la somme du produit net, & l'ordre habituel des dépenses étant donné, on saura parfaitement quelle est la population dans chacune des trois classes, & leur aisance respective.

Si, au contraire, c'est la population qui est donnée avec l'ordre des dépenses & la somme du *produit net*, on saura quelle est la récolte totale, à quoi se montent les reprises du cultivateur, & quel est le partage de la population entre les diverses classes.

Si ce sont les reprises du cultivateur, l'ordre des dépenses & la population qui sont donnés, on saura quel est le *produit net*, & encore comment la population se partage entre les différents genres de travaux stériles ou productifs.

L'ordre des dépenses, la population & le genre de culture donnés, on saura quelle est la reproduction totale, quelles sont les reprises du cultivateur, & quel est le *produit net*.

Il faudroit avoir un bien merveilleux talent pour persuader à ceux qui voudront y réfléchir un instant, que tout cela n'est que minutieux & méprisable, & que l'humanité n'a pas les plus grandes obligations au sublime génie qui a fait ces découvertes. Pour nous, nous bénirons cet homme respectable & bienfaisant, qui nous a montré, par un calcul simple, tous les hommes à leurs places, se tenant par la main, convaincus du besoin qu'ils ont les uns des autres, liés par leurs intérêts qui se touchent & se confondent.

Les fondements des richesses publiques s'élevent sur ceux de la *Science économique*, religion, mœurs, loix, politique, finances, agriculture, commerce, arts, instruction, devoirs réciproques, tout ce qui concourt au bonheur des Souverains &

des sujets entrent dans le cercle qui la compose.

Le Monarque est le chef de la Nation ; dépositaire de la force publique, il doit maintenir la Justice, & veiller aux droits de ses sujets ; son autorité doit donc être » unique, & supé-» rieure à tous les individus de la » société ».

Les meilleures loix forment les meilleurs gouvernements. Pour les établir ces loix, il faut les connoître. « La nation doit donc être ins-» truite des loix générales de l'ordre » naturel, qui constituent le gou-» vernement évidemment le plus » parfait ».

Tout vient primitivement de la terre. « Que le Souverain & la Na-» tion ne perdent donc jamais de vue » que la terre est l'unique source » des richesses, & que c'est l'agri-» culture qui les multiplie ».

La crainte de se voir dépouillé de son bien, étouffe l'émulation, jette dans l'abattement, empêche qu'on ne fasse les avances & les travaux nécessaires pour le faire vasoir : « Que la propriété des biens » fonds & des richesses mobiliai» res, soit donc assurée à ceux qui » en sont les possesseurs légitimes ».

Les avances de l'agriculture sont sacrées par leur nécessité, pour la reproduction annuelle. Les denrées doivent être regardées comme la base fondamentale du commerce ; les charger d'impôts, c'est vouloir détruire cette base & avec elle, l'édifice qu'elle soutient : « L'impôt, » s'il n'est pas destructif, doit donc » être établi sur le produit net des » biens fonds ; la Justice demande » qu'il soit proportionné à la masse » du revenu de la Nation ; que son » augmentation suive donc celle du » revenu ».

Les hommes & les terres ne sont utiles à l'état, que lorsque les avances faites à l'agriculture viennent à leur secours ; c'est d'elles que dépend le *produit net* du propriétaire : « Que les avances du cultivateur » soient donc suffisantes, pour faire » renaître annuellement, par les » dépenses de la culture des terres,

» le plus grand produit poſſible.

Toute fortune ſtérile, c'eſt-à-dire, qui n'eſt employée, ni à l'agriculture, ni au commerce, ronge la Nation : « Que la totalité des ſommes » du revenu rentre donc dans la circulation annuelle, & la parcoure » dans toute ſon étendue ».

Les ouvrages de main-d'œuvre & d'induſtrie, pour l'uſage de la Nation, lui coûtent ſans augmenter ſon revenu : « Que le gouverne» ment économique ne s'occupe donc » qu'à favoriſer les dépenſes produc» tives & le commerce des denrées » du crû, & qu'il laiſſe aller d'elles» mêmes les dépenſes ſtériles ».

L'agriculture eſt l'ame du commerce. Si nous voulons le faire proſpérer, attachons-nous principalement à rendre l'agriculture floriſſante ; augmentons le nombre des Cultivateurs opulents dans leur état ; c'eſt entre leurs mains que repoſent les revenus de la Nation : « Qu'une Nation qui a » un grand Territoire à cultiver, & la » facilité d'exercer un grand commer» ce des denrées du crû, n'étende donc

» pas trop l'emploi de l'argent & des » hommes aux manufactures & au » commerce de luxe ; au préjudice » des travaux & des dépenses de » l'agriculture ; car préférablement à » tout, le Royaume doit être bien » peuplé de riches cultivateurs.

L'or qui passe chez les nations étrangeres pour ne plus retourner entre nos mains, tombe comme dans un goufre, & est entiérement perdu pour nous. « Qu'une portion de la » somme des revenus, ne passe donc » pas chez l'étranger sans retour en » argent ou en marchandises. Qu'on » évite également, la désertion des » habitants, qui emporteroient leurs » richesses hors du royaume ».

Il faut fixer, ÉTERNISER, si je puis ainsi dire, les richesses & les hommes dans les campagnes ; « que les » enfants des riches Fermiers s'y établissent donc pour y perpétuer les » laboureurs ».

Tout monopole est nuisible même dans la culture des terres, « que chacun soit donc libre de cultiver dans » son champ telles productions que

» son

» son intérêt, ses facultés, la nature
» du terrein lui suggéreront pour en
» tirer le plus grand produit possi-
» ble ».

Les bestiaux rendent par leurs travaux & les engrais qu'ils fournissent à la terre les récoltes plus abondantes, « qu'on en favorise donc la mul-
» tiplication ».

Les grandes entreprises d'agriculture coûtent en proportion beaucoup moins de dépenses que les petites.
« Que les terres employées à la cul-
» ture des grains, soient donc réunies
» autant qu'il est possible en grandes
» fermes exploitées par de riches la-
» boureurs ».

La vente des productions naturelles faite aux étrangers, augmente les revenus des biens fonds; accroît les richesses nationales, attire les hommes dans le royaume, & favorise la population. « Que l'on ne gêne donc
» point le commerce extérieur des
» denrées du crû, car tel est le dé-
» bit, telle est la reproduction ».

L'augmentation des revenus de la terre, se trouve en raison de la diminution qui se fait dans les frais du commerce « Que l'on facilite donc » les débouchés & les transports » des productions & des marchandi- » ses de main d'œuvre, par la répa- » ration des chemins, & par la navi- » gation des canaux, des rivieres, » & de la mer ».

Le bas prix des productions naturelles, est défavorable au commerce de la nation, dans un échange de denrées à denrées. L'étranger alors gagne toujours « Qu'on ne fasse donc » point baisser le prix des denrées & » des marchandises dans le royaume. » Telle est la valeur venale, tel est » le revenu ; abondance & non va- » leur n'est pas richesse ; disette & » cherté est misere ; abondance & » cherté est opulence ».

Il est démontré par l'expérience, que le prix des denrées est le thermometre des salaires du journalier. Il monte ou baisse suivant le changement qui s'opere dans ce prix. « Qu'on ne croie donc pas que le » bon marché des denrées est profi- » table au menu peuple ».

Les richesses sont l'aiguillon le plus puissant pour le travail. « Qu'on ne » diminue donc pas l'aisance des der- » nieres classes des citoyens ».

Les épargnes stériles rendent la circulation moins vive. « Que les pro- » priétaires & ceux qui exercent les » professions lucratives, ne s'y livrent » donc pas ».

Le commerce avec l'étranger doit être pour la nation une augmentation de richesses. « Qu'elle ne souffre donc » pas de perdre dans ce commerce » réciproque, qu'elle ne se laisse pas » tromper par un avantage appa- » rent ».

Les prohibitions, les privileges exclusifs, les injonctions mettent des entraves au commerce, diminuent son activité, resserrent son étendue & découragent le négoçiant, ils nui- sent aux propriétaires, & préjudi- cient même au menu peuple. « Qu'on » maintienne donc l'entiere liberté » du commerce ; car la police du » commerce intérieure & extérieure » la plus sûre, la plus exacte, la » plus profitable à l'Etat & à la Na-

» tion, consiste dans la pleine li-
» berté de la concurrence ».

La population n'est utile à l'Etat, que parcequ'elle en multiplie les richesses : elle ne peut les multiplier sans en avoir. Les richesses naissent des richesses. « Qu'on soit donc » moins attentif à l'augmentation » de la population, qu'à l'accroisse- » ment des revenus ».

Les dépenses du gouvernement sont plus ou moins grandes suivant les richesses publiques. C'est de la prospérité nationale qu'on doit juger s'il y a des excès dans les dépenses du gouvernement. « Qu'il soit donc » moins occupé du soin d'épargner, » que des opérations nécessaires pour » la prospérité du Royaume ».

Les fortunes pécuniaires s'élevent toujours au détriment du bien public. « Que l'administration des Fi- » nances soit dans la perception des » impôts, soit dans les dépenses » du gouvernement, n'en occasionne » donc point ».

Le malheur de l'Etat ne réveille point les fortunes pécuniaires. Elles existent clandestinement, & ce n'est que pour elles qu'elles existent : elles n'ont ni PATRIE ni ROI. « Qu'on n'espere donc de ressources pour les besoins extraordinaires de l'Etat, » que de la prospérité de la Nation, » & non du crédit des Financiers ».

Les rentes financieres sont destructives des richesses publiques. Outre la dette qu'elles supposent, il en résulte un trafic, qui grossit encore plus les fortunes pécuniaires stériles, ce qui fait souffrir la culture des terres. « Que l'Etat évite donc les emprunts qui forment ces rentes financieres ».

C'est d'après ces maximes inspirées à Quesnay par la raison, la nature, la justice, l'intérêt commun & réciproque des Nations, que ce grand homme a composé tous ses ouvrages Economiques. Les articles *grains, Fermiers*, dont il a enrichi le Dictionaire Encyclopédique, l'*Extrait des Economies Royales de Sully*; le dialogue sur le commerce & sur les travaux des artisans, les problêmes sur les révolutions qui arriveroient dans les prix par l'effet de la suppression des gênes sur le commerce ; celui sur les avantages de l'établissement de l'impôt direct, & son excellent Traité du Droit naturel, qui est encore un des Ouvrages dans lequel il a le plus montré son génie observateur, qui découvre, avec autant de simplicité que de justesse, les vérités les plus inconnues. Jusques à Quesnay, tous les Ecrivains, Grotius, Puffendorff, Burlamaqui, Cumberland, Vatel, & tant d'autres avoient confondu le Droit naturel & la Jurisprudence, qui en a plus ou moins réglé ou restraint l'usage ; ils ne parloient que de cette derniere, en annonçant des discussions sur le premier. Il a dissipé cette confusion ; on avoit dit, écrit, soutenu (c'étoit un sentiment universellement adopté parmi les Philosophes) que les hommes, en se réunissant en société, sacrifioient une partie de leur liberté pour rendre plus paisible l'usage de l'autre ; Quesnay a prouvé que les hommes en société n'avoient jamais sacrifié la moindre partie de leur librtée, &

n'avoient ni pu, ni dû le faire ; que l'étendue de leurs droits étoit précisément le même que dans le plus simple état primitif, & que l'usage de ces droits, & l'exercice réel de leur liberté étoient infiniment plus considérables C'est encore une vérité neuve dont nous lui devons la connoissance.

Je ne m'arrêterai point à plusieurs autres Ecrits dont il a enrichi les Ephémérides du Citoyen & le Journal d'agriculture. Il me suffit d'avoir exposé les bases de son systême, qui demandoit l'association du génie le plus étendu, le plus vigoureux, le plus ferme, le plus sublime, & du cœur le plus droit & le plus pur. Si l'on parcourt la chaîne des siecles mêmes les plus reculés, on ne verra aucun homme qui ait plus solidement travaillé que Quesnay pour la félicité publique. Il a éprouvé, ainsi que ses Eleves, d'étranges contradictions, soutenues avec un acharnement qui montre bien peu de lumieres. Ce n'est pas d'aujourd'hui qu'on se plaît à lancer les foudres de l'anathême contre ceux qui prêchent une nouvelle doctrine. Mais ce ne ſera pas la premiere fois non plus que les vérités les plus combattues auront triomphé des préventions & des préjugés les plus accrédités.

Le berceau des Sciences élevées a toujours été agité par l'orage. Leurs créateurs n'ont trouvé pour prix de la lumiere qu'ils ont répandue ſur la terre, que des chaînes & des bourreaux. Confucius eſt menacé de la mort, & Socrate la ſubit, pour avoir enſeigné tous les deux une morale que la poſtérité a admirée. Ramus s'éleve contre les chimeres d'Ariſtote, & il eſt égorgé. Galilée publie une vérité démontrée, & on le charge de fers (1). Cet art merveilleux qui perpétue d'âge en âge les erreurs & les vérités, enfantées par l'eſprit humain, n'attira-t-il pas des perſécutions à ſon Inventeur dans la Capitale de la France? Graces à la Philoſophie, notre ſiecle n'eſt pas un ſiecle de barbarie : mais en eſt-il pour cela moins opoſé aux progrès des vérités politiques? S'il ne s'arme pas de poi-

(1) L'Imprimerie.

gnards pour les combattre, il emploie des traits auſſi perfides, auſſi acérés, auſſi tranchants : ce ſout ceux de la calomnie & du ſarcaſme. L'homme vertueux n'en eſt point découragé, il n'y répond que par ſon ſilence : ſes ennemis ont beau s'en applaudir, il les mépriſe, il les plaint, & continue à faire le bien, en répandant l'inſtruction par ſes Ecrits. Combien d'exemples ſemblables Queſnay ne nous a-t-il pas fourni ?

C'étoit ſans doute à un homme qui avoit les idées auſſi nettes & auſſi diſtinctes que lui, ſur toutes ſortes de matiere, à employer ſa plume à tracer la théorie de l'évidence ; auſſi donna-t-il cet article dans le Dictionnaire Encyclopédique, & ce n'en eſt pas un des moins eſtimables.

Quelle Académie ne ſe feroit pas honorée de compter, parmi ſes membres, un homme capable d'enfanter de tels écrits. Les plus brillantes & les plus utiles de l'Europe s'empreſſerent de l'admettre dans leur ſein. L'Académie des Sciences lui ouvrit ſes portes, la Société de Londres en fit de même ; les Académies des Sciences Belles-Lettres & Arts de Lyon, ſe l'aſſocierent également. Queſnay, dans ſes travaux, eut ſouvent en vue leur gloire, & le recueil de ces Compagnies renferme de ſes Mémoires très intéreſſants & & ſupérieurement faits.

Tous les Arts & toutes les Sciences furent ſubordonnées à ce vaſte génie. Ses productions ont un caractere d'érudition & d'originalité, dont peut-être aucun Ecrivain avant lui n'avoit donné l'exemple.

En Médecine, il a fixé les principes & ſubſtitué une théorie ſimple & lumineuſe, aux conjectures & aux vraiſemblances que les perſonnes de l'art prenoient fauſſement pour guide. Son nom doit être placé à côté de ceux d'Hypocrate, de Galien, de Boheraave.

En Méthaphyſique, il a fondé la profondeur de la penſée, preſcrit des regles à cette ſcience, rétabli l'évidence dans tous ſes droits, & prouvé que ce n'eſt point être ſavant que de marcher dans la carriere au milieu d'une nuit profonde, & livrée aux agitations du doute & de l'incertitude; il a égalé les Lock, les Clark, les Mallebranches.

En Phylosophie, il a sappé les fondements des hypotheses, & élevé sur leurs ruines la certitude des connoissances, qui forment l'édifice de la vraie science; il a été l'émule de Descartes.

En Politique, il a montré les abus destructifs & les erreurs bisarres des gouvernements; il a réuni les hommes par le lien puissant de l'intérêt; il a peint l'ordre naturel des richesses annuellement renaissantes, & les moyens qu'il faut employer pour en augmenter la masse; il a tracé aux Nations la voie qu'elles doivent prendre pour arriver à leur splendeur & à leur prospérité. Dans ce genre, il a surpassé tous les Ecrivains; & s'il en est qui soient dignes de marcher à sa suite, ce sont principalement ceux qu'il a formé, qu'il a échauffé du feu de son génie, & de la chaleur de son ame. Comment nous refuſer ici à la douceur de rendre hommage au plus célebre d'entr'eux, à l'illuſtre ami des hommes, dont on ne peut prononcer le nom ſans en être attendri, & qui fut la victime honorable de ſon zele pour les vérités utiles, découvertes par Queſnay, & à la promulgation deſquelles il s'eſt conſacré le premier? La vigueur de ſes penſées, l'élévation de ſes ſentiments, la rapidité de ſon éloquence, la multiplicité de ſes travaux, tous tournés du côté des objets les plus utiles, fixeront en ſa faveur le jugement de tous les hommes de bien dans tous les ſiecles.

Il eſt encore une gloire plus appréciable que celle de l'eſprit, & qu'on ne ſauroit refuſer à Queſnay ſans une extrême injuſtice. C'eſt celle qui prend ſa ſource dans les qualités du cœur; il eut les manieres ſi ſimples, les mœurs ſi douces, le caractere ſi égal, la converſation ſi agréable jusqu'à la fin de ſa longue carriere, qu'il fît toujours le bonheur de ceux qui l'environnerent. S'il différa en opinions de quelques ſavants, & s'il s'engagea avec eux dans des disputes, il n'y mêla jamais la moindre aigreur; il savoit trop bien que les Ouvrages Polémiques ne doivent pas être des libelles, que la raison ne s'exprime pas par des injures, & qu'on se répand ordinairement en des personnalités, lorsqu'on manque du côté des preuves.

Quesnay avoit le talent peu commun de connoître les hommes au premier coup-d'œil; il pénétroit dans leur intérieur, lisoit au fond de leur ame, saisissoit leur goût; leurs talents en analysoit l'ensemble, si je puis ainsi m'exprimer. C'est de ce talent que venoit cette prodigieuse variété de tons qu'il prenoit pour se mettre à l'unisson de celui des autres.

L'esprit de la société est de faire briller ceux qui la composent. Quesnay l'avoit cet esprit. Dans les cercles où il étoit, qui s'en retira sans être satisfait de lui-même, & avoir de son propre mérite une opinion avantageuse? Pour trouver les moyens de faire parler avec ſuccès tout le monde, il feignoit d'être dans l'ignorance de bien des choſes, & demandoit l'inſtruction d'une maniere toujours proportionnée aux lumieres de ceux auxquels il s'adreſſoit ; il faiſoit penſer, & donnoit en quelque ſorte de l'eſprit ſans qu'on s'en apperçut, pour ne pas humilier l'amour-propre. Avec la plus brillante réputation, il avoit une modeſtie qui donne un nouvel éclat au mérite ; la baſſe paſſion de la jalouſie n'infecta jamais ſon ame. Tout à tous, il éclairoit de ſes connoiſſances, les hommes qui le conſultoient ; il les aidoit de ſes avis, & les encourageoit par l'eſpérance de la gloire, ou par l'appas des récompenſes.

Malgré la médiocrité de ſa fortune, il fut le ſoutien de ceux qu'il voyoit accablés du fardeau de l'indigence. Son déſintéreſſement étoit unique, & voilà pourquoi il n'a laiſſé à ſes deſcendants d'autre héritage que ſes vertus. S'il employoit ſon crédit, c'étoit avec le diſcernement & l'équité que demande la probité délicate & ſcrupuleuſe. Noublions pas un des plus beaux traits de ſa vie, puiſqu'il nous repréſente ſi bien l'intégrité & la ſenſibilité de ſon cœur. Quelqu'un avoit un procès ; perſuadé du ſuccès s'il venoit à bout de mettre Queſnay dans ſon parti, tant les lumieres, l'impartialité, la juſtice de celui-ci étoient connues, il le preſſe de ſolliciter les Juges en ſa faveur. Queſnay remplit ſes vœux, & lui fait gagner ſa cauſe. Bientôt après, on l'inſtruit du ſort déplorable du vaincu ; il en eſt vivement touché : ſa ſenſibilité fait naître des doutes propres à allarmer ſa conſcience. Pour s'en délivrer, il fait paſſer à ce malheureux des billets, portant la ſomme qu'il avoit perdue. Qu'ils ſont rares les hommes qui joignent à une équité ſévere, une tendre compaſſion !

Le travail fut un beſoin pour Queſnay, qu'il remplît ſans ceſſe par inclination & par goût. Quelque temps avant ſa mort, il fit trois mémoires d'économie politique, dont une perſonne en place l'avoit char-

gée. Elle en fut si étonnée à la lecture, qu'elle ne pût s'empêcher de dire, « que l'Auteur avoit sçu con-
» server à la fois toute la vigueur
» de la jeunesse & la solidité de l'âge
» mûr dans un corps octogénaire ».

Il étoit difficile que tant de vertus réunies ne prissent leur source dans la Religion. Quesnay en avoit beaucoup; il ne fut pas de ces Auteurs impies qui s'indignent des ténébres, dont est couvert un des côtés de la Religion; qui voudroient calculer géométriquement, & soumettre aux foibles lumieres de leur intelligence, les objets les plus sublimes; qui croyent ne pouvoir s'acquérir de la célébrité, que par leur audace monstrueuse à s'élever contre le ciel. Géants orgueilleux & superbes, ils ne craignent pas en l'escaladant de s'approcher de la foudre! Ils la bravent, même lorsqu'elle gronde & qu'ils s'en sentent frappés. Quesnay bien différent d'eux, prit la Religion pour la pierre fondamentale de son systême; il la respecta dans tous ses écrits, & lui rendit

l'hommage

l'hommage qui lui eſt dû. Son cœur en étoit pénétré, & ſon cœur dirigea toujours ſon génie.

D'accord avec les principes de la Foi, Queſnay ne les démentit jamais : ſes mœurs furent pures ; & c'eſt peut-être à la régularité de ſa vie qu'il fût redevable de la longueur de ſon cours. Mais enfin elle doit avoir un terme ; & le moment terrible où, ſur les bords du tombeau, la vérité paroît vers nous pour nous découvrir toutes les illuſions qui nous ont ſéduits, devint pour Queſnay le triomphe de ſon héroïſme.

Quelques heures avant ſa mort, il n'y a plus d'eſpérance pour lui. L'allarme ſe répand ; ſa famille le pleure déja comme le meilleur des peres, & le domeſtique qui le ſert comme le meilleur des Maîtres. Queſnay voit couler les larmes de ce dernier, & veut en ſavoir la cauſe ; il l'apprend ſans trouble, avec cette intrépidité & cette mâle aſſurance que donne une conſcience à l'abri du reproche & des remords. Il lui répond : » Conſole-toi, je n'étois pas

» né pour ne pas mourir. Regarde » ce portrait qui eſt devant moi ; lis » au bas l'année de ma naiſſance, » juge ſi je n'ai pas aſſez vécu...... » Oui ; grand homme, vous aviez aſſez vécu pour vous, pour votre gloire, mais pas aſſez pour le genre humain.

Le bon uſage de la vie le préſerva des horreurs de la mort ; ſes derniers moments furent ſans crainte ; il ſe mit entre les mains de la Religion, & mourut paiſiblement le 16 Décembre 1774.

Le College de Chirurgie a témoigné, d'une maniere flatteuſe, le cas qu'il faiſoit du mérite de Queſnay ; il a conſervé ſon nom à la tête du tableau de ceux qui le compoſent, & placé ſon portrait dans la Chambre du Conſeil, parmi les portraits de ſes Membres célebres : honneur qu'il n'a accordé, durant leur vie, qu'à Queſnay, & à un homme doué du même génie que lui dans l'art de guérir (1).

Que de titres capables d'aſſurer l'immortalité ſe réuniſſent en faveur

(1) M. Petit.

de Quesnay ! Grand par ses Ecrits, grand par sa conduite, grand par les services qu'il a rendu à ses semblables, sa gloire sera éternelle & inaltérable. Il n'est plus cet homme bienfaisant, à qui l'antiquité auroit élevé des Autels, ce Législateur, ce Philosophe, ce Moraliste, ce Génie universel, la lumiere de son siecle, l'oracle de la vérité, l'interprete de la vertu. QUESNAY n'est plus..... Que la Critique brise ses traits; que la malignité se taise, & qu'on apprenne du moins à respecter la cendre des grands Hommes, que l'injustice épargne si peu de leur vivant.

Note de l'Editeur.

Le Public ayant reçu, avec satisfaction, une Lettre sur le Luxe, faite par l'Auteur de cet Eloge, & imprimée dans le Journal d'Agriculture, du mois d'Août 1774, on a cru l'obliger en la faisant réimprimer à la suite de ce nouvel Ouvrage.

LETTRE

DE M. LE Cte D'A***, A M. DE B***,

Sur le Commerce, les Fabrications, & la consommation des objets de luxe.

Il faut donc absolument, Monsieur, que je rende un nouveau compte de mes idées, & que je m'échauffe, sous peine d'ennui, à prouver cent fois que *tout ce qui reluit n'est pas or.* Il me semble que voilà l'état de la question sur laquelle nous sommes divisés. Le luxe réunit-il l'utilité à l'éclat? Vous le croyez, je pense le contraire : lisez & jugez. Je serai bien récompensé de mon travail, si vous êtes content de mes raisons.

C'est un principe reçu, dites-vous, *que le commerce fait la richesse de l'Etat, donc tout ce qui peut l'étendre & l'affermir coopere à la richesse de l'E-*

tat : or le luxe qui apporte une grande quantité d'argent dans le commerce contribue puiſſamment à l'affermir & à l'étendre.

Je pourrois d'abord vous arrêter, Monſieur, ſur votre *principe reçu*, & vous demander comment vous *recevrez* celui ci ? *Le commerce fait les récoltes de l'Etat.* Eh bien ! c'eſt le même ; le commerce *fait* la *richeſſe* de l'Etat comme il *fait* ſes *récoltes.* Je ne ſçais quelles richeſſes fera votre commerce, ſi les récoltes ſont ſupprimées.

En reconnoiſſant l'importance & la néceſſité des ſervices du commerce en général, je crois qu'il ne faut pas en confondre les différentes ſortes, & que ce qui, par exemple, convient au commerce des articles de premiere néceſſité, pourroit bien ne pas convenir à celui des objets de faſte. Si un Marchand de bled achete & revend des grains dont le Cultivateur n'auroit pu chercher le débit, je vois qu'il en réſultera une nouvelle culture, une nouvelle récolte, une nouvelle richeſſe territoriale. Mais quand votre Commerçant de Lyon aura vendu l'étoffe d'or de manufacture Lyonnoise à ce grand Propriétaire, qui porte *ses bois & ses châteaux sur ses épaules*, je ne vois nullement renaître une richesse, il a seulement passé de l'argent d'une main dans l'autre, & le Propriétaire pour avoir employé cet argent en vain luxe, a laissé dégrader son domaine, & anéantir une portion de la richesse publique.

Plus le trafic des hochets de la vanité sera étendu & lucratif pour le Fabriquant & le Négociant, plus il affoiblira & renversera les branches les plus précieuses du commerce du territoire & de la Nation. L'argent n'est pas en deux endroits à la fois : plus il en va dans vos comptoirs, moins la terre reçoit & reproduit. Si je vous priois, Monsieur, de régler mes dépenses, vous distingueriez dépenses nécessaires, dépenses fructueuses, dépenses utiles, dépenses stériles, dépenses superflues, dépenses ruineuses, &c. Dans quelle classe mettriez vous celles de luxe ? Et si vous vouliez m'apprendre à me ruiner, est-ce avec le luxe que vous travailleriez à me brouiller ?

De ce que le goût des frivolités fastueuses fera la fortune de quelques Artistes & Trafiquants, en conclurrez-vous qu'il apporte un profit réel à l'Etat dans lequel ils fabriquent & négocient ? ... Comment ? ... « En » ce qu'en s'enrichissant, ils augmen- » tent leurs consommations & leurs » entreprises, & avec leurs entrepri- » ses & leurs consommations, leur » contribution aux impôts ou char- » ges publiques, &c ? » S'ils s'enrichissoient d'une autre maniere, n'augmenteroient-ils pas également leurs consommations & leurs entreprises, &c. 2°. Si les Propriétaires substituoient à de vaines dépenses des dépenses fructueuses, celles-ci n'auroient-elles pas sur les autres l'avantage de multiplier, en contribuant à l'impôt, les moyens d'y satisfaire ? 3°. S'il est vrai que plus votre Commerçant consomme, plus il paie, n'est-il pas également vrai que pour qu'il consomme davantage il faut qu'on lui paie davantage ? Sa dépense est selon sa recette ; quand il grossit ses consommations, ce n'est que parce qu'il a augmenté ses profits : je concluds que ſes contributions à l'impôt lui ſont réellement fournies par ceux ſur qui il gagne ; & que ceux-ci payent par ſes mains.

Je ne veux point m'engager à traiter ici des impôts placés ſur les objets même de luxe : la matiere eſt au-deſſus de mes forces ; mais il me ſemble du moins qu'on ne ſçauroit fonder un revenu ſolide, fixe, appréciable ſur des conſommations qui dépendent uniquement de la fantaiſie, du caprice, de la mode, de goûts perpétuellement changeants. Enfin quel que ſoit le produit des droits de cette eſpece, il eſt clair que celui qui en achetant les objets de luxe, acquitte ou rembourſe ces droits, avoit auparavant la richeſſe avec laquelle il les paie, & qu'il auroit pu en payer d'équivalents de mille autre façons : ainſi le luxe n'eſt qu'un mauvais canal dans lequel le fiſc arrête une partie des richeſſes qu'il pouvoit puiſer dans d'autres canaux ou à la ſource. Le commerce des objets de luxe eſt donc auſſi lui-même toujours incertain & précaire.

On dit qu'il attire l'argent de l'Etranger : ſoit ; mais un meilleur commerce de vos denrées territoriales attireroit aussi l'argent de l'Etranger ; mais la matiere de votre luxe tirée du dehors, fait peut être sortir de l'Etat infiniment plus d'argent que la partie de vos fabrications vendues au-dehors n'y en rapporte ; quand le luxe accumuleroit les richesses pécuniaires dans vos maisons de commerce & d'industrie, il n'est pas moins funeste à l'Etat par le déplacement des dépenses qu'il cause, & par la soustraction des avances rurales qu'il dérobe à la terre ; enfin ce n'est point par la quantité du numéraire qu'on estime la force ou la prospérité d'un Empire, c'est par la quantité de son revenu territorial ou de sa richesse libre annuellement renaissante.

Lorsque vous voudrez me prouver que le luxe enrichit la France, il faudra, Monsieur, que vous me montriez, par un état bien calculé, qu'il augmente annuellement le produit net de ses terres. Toute exploitation, toute entreprise, tout commerce qui produit cet effet, cesse dès-lors d'appartenir au luxe proprement dit. Ce n'est pas un luxe pour le Bresil que de tirer les diamants de ses mines ; c'est sa richesse naturelle & son commerce nécessaire.

Vous comptez pour beaucoup, Monsieur, les mains-d'œuvres employées au service du luxe. Cependant puisque vous avez des salaires à donner, est-ce que vous ne trouveriez pas à les employer plus utilement, plus sûrement, plus économiquement ? Chaque jour vous vous plaignez que les bras & les engrais manquent dans vos terres, vous imaginez de bons projets à exécuter pour l'intérêt des différentes classes de Citoyens, vous vous confirmez dans l'idée qu'il reste encore plus de bien à faire qu'il n'y en a de fait.

En employant vos Ouvriers plus avantageusement pour l'Etat, vous les employeriez plus sûrement pour eux-mêmes. Avec vos fabriques de luxe, vous ne pouvez pas leur répondre de deux jours de vie. Aujourd'hui vous les occupez, demain une récolte manque, le goût des Consommateurs change, un deuil de Cour de quelque durée, interdit l'usage de vos fabrications, une autre manufacture vous enleve la préférence, une guerre s'éleve, vos métiers s'arrêtent, vos Ouvriers n'ont plus de pain. Dans toutes les circonſtances critiques, la premiere économie que font les Citoyens c'eſt de retrancher les dépenſes d'apparat, d'agrément de faſte : que deviennent vos Ouvriers ? En temps de cherté, lorſqu'ils auroient beſoin qu'on augmentât leurs ſalaires, c'eſt alors qu'ils n'ont point d'ouvrage. Je me rappelle qu'en 1769, un défaut de circulation d'eſpeces réduiſit dans la ville de Lyon plus de vingt mille hommes à la mendicité. Tout le monde ſait combien le crédit a baiſſé depuis quelques années, combien le luxe a ſurchargé les hôpitaux, combien depuis long-temps ſes pauvres Agens ont épuiſé la charité la plus généreuſe.

Dans ces temps de détreſſe, les Entrepreneurs partagent le ſort des Ouvriers : leurs dépenſes hauſſent, leur débit baiſſe, leur fonds eſt mort en partie. La richeſſe de ces hommes qu'on nous donne pour auteurs de l'opulence publique, eſt donc auſſi bien caſuelle ; & il ſeroit trop malheureux pour l'Etat que la fortune publique dépendît de la leur. Dans des circonstances favorables, s'ils paroissent faire de gros profits, il faut considérer qu'ils ont fait de gros fonds; & quelques considérables que soient leurs profits, ils ne sauroient être habituellement comparables aux produits de ces mêmes fonds s'ils avoient été employés dans une bonne entreprise rurale. Je me chargerois volontiers de prouver que les Fabricants & les Négociants, sur-tout en ouvrages d'or & d'argent... &c. ne gagnent pas à beaucoup près autant que vous vous l'imaginez peut-être. Un Fabriquant achete un marc d'or : ce marc dor, avant de former un fil, subit des préparations très dispendieuses. Le fil apprêté & mis sur le métier, il faut fabriquer l'étoffe & débourser journellement beaucoup, tant pour la main d'œuvre que pour les accessoires. La somme totale de ces frais ajoutée aux prix d'achat de la matiere premiere & appliquée selon la longueur de l'étoffe par aunes, par pieds, fera vendre le drap d'or deux ou trois louis l'aune. Toutes les dépenses défalquées, que restera-t'il de bénéfice au Fabricant? trois ou quatre livres par aune, pas d'avantage. Est-ce-là un bénéfice à citer pour un homme qui a fait de prodigieuses avances, qui court de grands risques, qui fait quelquefois des pertes énormes?

C'est sur la quantité qu'l gagne: eh! vraiment oui; mais sur cette quantité il a fait un déboursé proportionnel, il a plus hasardé, il a monté un plus fort attelier. Toutes les dépenses qu'il a faites pour établir sa maison & ses métiers & ses magasins, il faut que ses *profits* lui en paient l'intérêt; le retrouve-t-il cet intérêt dans un bénéfice si modique, bénéfice, qui d'ailleurs doit couvrir toutes les pertes que le Fabricant peut essuyer?

Quoiqu'il doive, selon vous, procurer beaucoup d'argent à l'Etat, il est certain qu'il lui en a d'abord enlevé pour payer son lingot à l'Espagne; car ce lingot originairement ne lui appartenoit pas; s'il avoit été tiré d'une mine à lui, il seroit riche comme propriétaire foncier. Il a donc fallu acheter l'or de l'Etranger: si l'étoffe se consomme en France, où est l'argent que la France gagne dans ce trafic & ce luxe ? Il me semble qu'elle en donne & n'en reçoit pas. Si l'étoffe est vendue à l'Etranger, celui-ci rembourse à la vérité toutes les dépenses avec usure ; mais comme les consommations locales sont certainement les plus fortes, il se trouvera qu'en totalité ; ce que l'Etranger vous rend est fort loin de compenser ce que vous lui avez payé.... *Mais on aura toujours gagné la main-d'œuvre*... Encore, Monsieur, Eh ! vous ne gagnez rien. Les salaires que vous donnez à vos Ouvriers, vous les avez avant de recevoir le prix de votre brocard : ne pouviez-vous pas les appliquer à mille autres espéces d'ouvrages ? Quand vous vendez à l'Etranger votre marchandise pour une autre marchandise qu'il vous donne en échange, s'il vous rembourse votre main-d'œuvre, ne lui remboursez-vous pas la sienne ? Où est votre gain ? Quand vous payeriez à l'Etranger en denrées ou en matieres brutes, cette maniere d'échanges ne serviroit-elle pas à donner à vos richesses premieres du débit, de la valeur, &c ? Enfin n'oubliez pas sitôt le sort de cette misérable main-d'œuvre.

Il me ramene toujours à celui de vos Fabicants & Négociants de luxe. Je me transporte dans une de ces riches places manufacturieres & commerçantes : il s'y fait des entreprises immenses, on ose tout : mais la fortune se partage. Je vois une foule d'Entrepreneurs se ruiner de fond en comble, & entraîner une multitude innombrable de malheureux dans leur chûte : comptez les contrecoups d'une banqueroute. J'en vois qui s'enrichissent, mais il ne me paroît pas que l'Etat ait gagné à ce passage de la fortune de ses autres Habitants dans les mains de ceux-là.

Un Négociant, devenu assez riche pour trancher du grand, quitte ordinairement le commerce pour se faire noble à prix d'argent & par charge. Afin de ne point paroître avili par une noblesse achetée au marché, il veut la relever par l'éclat de sa dépense, l'enveloppe d'un faste excessif, & renchérit sur toutes les vanités du luxe régnant. Ceux qui ont vécu dans des places de commerce, savent si ce n'est pas du Négociant enrichi & parvenu, que toutes les autres classes prennent le ton, les airs, les prétentions qui les conduisent par des voies courtes & honteuses à la plus triste catastrophe. Pour moi, j'y ai vu que le nain qui veut marcher à pas de géant, tombe ; & que le géant qui veut escalader le ciel, tombe aussi.

Cependant le Négociant, après avoir fait une fortune brillante, est assez disposé à la rendre solide, en l'asseyant sur de bons fondements. Les terres ne le tentent pas ; *elles ne rendent rien.* Les fonds publics ? Il n'en dit mot & cherche ailleurs. Des placements particuliers ? où en trouver de bons ? Il voit plus de sûreté dans la banque de Venise, dans celle d'Amsterdam, & plus encore sur les vaisseaux Anglois. Ses capitaux passent donc chez l'Etranger ; il consomme, à la vérité, dans le pays, les intérêts de sa créance ; mais ses fonds n'en sont pas moins ravis à la circulation & à des entreprises

treprises utiles à l'Etat : à la longue ; ce déplacement peut avoir des effets très sensibles.

Enfin, qu'est-ce que la richesse de vos Négociants à l'égard du Peuple & de la Nation ? Un Etat n'est pas heureux & puissant, parcequ'on y compte quelques millionnaires, quelques richards qui jouissent de cent mille livres de rente & plus, quelques centaines de Propriétaires de cinquante mille livres de revenu & au-delà, quelques milliers de Citoyens d'une fortune honnête & dans l'aisance, s'il a douze millions d'hommes qui sont dans la peine, le dénûment, l'angoisse, le danger sans cesse renaissant de manquer du pur nécessaire. Un Etat n'est riche qu'autant que les Membres de chaque classe, les Agens de chaque Profession, peuvent se flatter d'avoir une existence assurée & d'acquérir une sorte de bien-être. L'Etat est riche quand le Paysan peut mettre *la poule au pot*, ainsi de ses pareils : mais quand tous vos Seigneurs de cinquante & cent mille livres de revenus, mettroit dans leurs *pots* des *colibris*, l'Etat pourroit être & seroit vraisemblablement fort misérable. *

Autour de votre opulente ville de Lyon, & dans une grande partie de la Province, n'avez vous pas vu, Monsieur, en 1770 & 1771, les Paysans manquer entiérement de grains, & se jeter pour derniere ressource sur du pain de glands ? Encore n'en avoient-ils pas autant qu'ils en desiroient. Quand vous changeriez tout en or dans vos métiers, aussi faisoit Midas, l'or n'est pas du pain : il faut vivre, il faut des subsistances, il faut tout sacrifier pour en avoir en abondance & sans cesse. Votre luxe n'habille pas, ne nourrit pas, n'enrichit pas ceux qui plantent, pétrissent votre pain de leurs larmes, & ne recueillent pour eux que la misere. Pour construire ce magnifique château, il en a coûté dix belles fermes, un village, un Peuple. Les Chinois disent que la porcelaine est faite d'ossements humains ; je le dis de tout votre luxe, vous n'avez pas une paillette qui ne soit couverte d'une goutte de sang.

Parcourez l'Empire où il y aura le plus de luxe relatif; c'eſt là que vous trouverez, toutes choſes égales d'ailleurs, le plus de déſordre & de maux. Mais ſortez de vos brillantes Cités qui vous offuſquent, & que vous prenez mal-à propos pour l'Etat; viſitez les campagnes, entrez dans les hameaux, comptez les gerbes, peſez les moutons : ſi je ne me trompe, c'eſt-là la vraie richeſſe publique. Vous vous déſabuſerez, je vous le jure : vous craindrez que votre Empire, avec le commerce de luxe le plus floriſſant, ne ſoit le plus pauvre, toutes proportions gardées. Peut-être ne verrez vous plus dans vos ſuperbes étoffes, que des tentures de deuil. Voyez ce que c'eſt que ce Peuple ivre de luxe ? A chaque ſouffle de la mode, il tourne & ne préſente jamais qu'un aſpect ridicule. Quel eſt ſon bonheur ? celui de l'enfant. Demandez-lui des vertus, des efforts, des ſacrifices, du patriotiſme, il ne vous entendra pas. Comptez, ſi vous le pouvez, ſes vices & ſes revers. Comptez les friches qu'il laiſſe former, les grands ouvrages qu'il laiſſe dégrader, les ſources de félicité qu'il laiſſe fermer. Comptez le nombre des enfants qui ruinent leurs peres & celui des peres qui ruinent leur poſtérité ? C'eſt-là que la pauvreté eſt vraiment honteuſe, parcequ'elle eſt le fruit de la corruption & du déſordre. Voyez cette foule qui s'entreheurte pour s'exciter au plaiſir : on y eſt preſque toujours à charge aux autres & à ſoi-même : perſonne n'y jouit vraiment de ce qu'il poſſéde ; tout ce qu'on apperçoit eſt factice & deſtructeur ; toutes les conditions y paroiſſent dans une confuſion ſcandaleuſe : ceux qui ſe prétendent grands ſe tiennent embraſſés avec ceux qu'ils regardent comme vils : plus de mœurs, plus d'honneurs, plus de vertu, parconſéquent miſere publique.

Le fond de tous les tréſorts eſt l'économie. Je me tiens, Monſieur, fortement attaché à cette vérité qui foudroie le luxe, en attendant que nous reprenions la matiere, ſi vous le jugez à propos. J'ai l'honneur d'être, &c.

FIN.

www.ingramcontent.com/pod-product-compliance
Lightning Source LLC
Chambersburg PA
CBHW071119260626
47162CB00006B/2390
9782013536233